电影文学剧本

天下纵横

TIAN XIA ZONG HENG

迎平 著

文汇出版社

图书在版编目(CIP)数据

天下纵横/迎平著.--上海：文汇出版社，2025.
3.--ISBN 978-7-5496-4454-4

Ⅰ.I235.1

中国国家版本馆CIP数据核字第2025U51N24号

天下纵横

作　　者/迎　平

责任编辑/张　涛
装帧设计/张　晋

出版发行/文汇出版社
　　　　　上海市威海路755号（邮政编码200041）
经　　销/全国新华书店
排　　版/南京展望文化发展有限公司
印刷装订/上海颛辉印刷厂有限公司
版　　次/2025年3月第1版
印　　次/2025年3月第1次印刷
开　　本/890mm×1240mm　1/32
字　　数/100千
印　　张/6.375

ISBN 978-7-5496-4454-4
定　　价/60.00元

·版权所有　侵权必究·

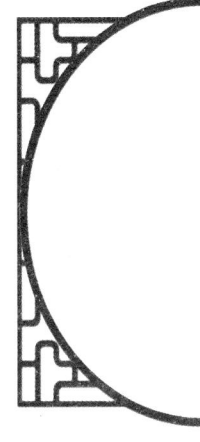迎平，女，1953年生于上海。怀着对中国有史记载的、两千多年前战国时期的人追求和平的智慧和行为的敬仰，以及对电影这门综合艺术的热爱，创作了电影文学剧本《天下纵横》，欲将当年那震撼人心的故事演绎出来，成为一场可回味的文字电影。

全剧讲述的是中国古代一位纵横家极具价值、经久不衰、至今仍然值得借鉴的外交思想和他辉煌却悲惨的人生经历、大起大落的坎坷命运、缠绵悱恻的感情纠葛，以及为平息天下战乱、帮助秦少用兵统一中国不惜身败名裂、五马分尸的献身精神。

愿区区此书也能使人看到中华文明的悠久伟大，能抛砖引玉，激发世人对当代和平的思考和探索。

目录

一 序幕……1

二 说秦不遇……15

三 暗荐张仪……39

四 合纵连横……77

五 自毁其说……129

六 血染连玺……163

七 尾声……191

一
序幕

1

日,博物馆

(银屏右上角出现字幕:博物馆)

战国时的艺术珍品、1935年发掘于河南汲县山彪镇战国墓葬的水陆攻战纹铜鉴,缓慢地旋转,展示器身四十组紫红色金属的古代攻战图案,将人们带到那个遥远的年代。

同时出现画外音:"中华民族战国时期的文化不仅是中国文化宝库中一颗灿烂的明珠,也是世界文化宝库中一块瑰丽的珍宝,现今国际上极为重视的外交思想,中国早在两千三百多年前就有人十分精辟地阐述过了。"

"公元前770年,周朝的分封制度衰败,于是诸侯割据,互相兼并,公元前403年,形成秦、楚、韩、魏、赵、齐、燕七大诸侯国,从此开始了中国历史上战争剧烈的战国时期。"

"我们的故事就发生在那个血雨腥风、急需用人、百花齐放、百家争鸣的特殊年代。"

伴随着刻画人心淋漓尽致,声声掩抑、如泣如诉、如海如潮、博大低沉，使人无法抗拒、无法摆脱的中国古典乐器演奏的影片主旋乐《命运》，定格的古代攻战图案前推出遒劲的金色片名"天下纵横"，下面连映剧中人物和演员姓名，以及制片厂名称和全体制作人员姓名。

2

春日，周之阳城

（银屏右上角出现字幕：2300多年前的周之阳城）

高山大壑沐浴着迷人的浅蓝色，白云深处坐落着数间茅屋，竹牖柴扉倚着苍松翠柏。

朝阳驱散了峡谷中的浓雾，呈现出一派盎然生机：草木葱茏，山花烂漫，猿猴相戏，麋鹿不惊，百鸟欢歌，流水潺潺。一块巨石上却赫然刻着"鬼谷"二字。

谷中传来影片的主题曲《君不见》：

"千仞巉岩万壑松，流泉漱石少人踪，君不见山外狼烟起，沙场漠漠血成河！南筑室兮北筑室，禾黍不获食何物？君不见巍巍长城下，死人骸骨相撑拄！少壮服役白发还，归来田地尽荒芜，君不见苛捐如猛虎，百姓更比黄连苦！"

歌者是位鹤发童颜、短衣布褐的老人，老人正在采集山花草药。他看到了几枝名贵的山花和草药，对着长得水灵的植物欣赏了片时，轻轻叹息了一声，小心地将它们摘下。地上有一只花篮和一个药篓，老人分别将山花草药放入花篮药篓之中，其言道："各得其所，各为所用。"

3

春日，洛阳轩里庄外耕地

（银屏右上角出现字幕：周洛阳郊外轩里庄）

笨重的铁犁费力地翻开荒芜贫瘠的泥土，拉犁的是个十二岁左右的瘦弱少年，扶犁的是个头发蓬乱、形容枯槁的妇人。地头还有三个小男孩，稍大的一个约有七岁，这孩子心疼而忧虑地看着他的母亲和哥哥，十分懂事地照看着两个穿着开裆裤的弟弟。

突然，官兵的铁蹄由远而近，村里哀声四起，地里的妇人和四个男孩紧紧搂在一起。

几个官差向在地里干活的妇人和孩子走来，为首的问："你男人和大孩子呢？"

妇人怯生生道："没回来。"

为首的官差指着两个稍大些的孩子说："把这两个带走！"

官兵将拉犁的少年和那七岁左右的男孩捆起。妇人哭倒在地，抱着官兵的脚哀求："大老爷，行行好，求求你们放了这两个孩子,他们还没成年呢!"官兵一脚将妇人踹得爬不起来。

孩子被掳走。孩子身后,妇人凄惨地哭喊着:"二子、三子,照顾好自己啊!老天爷,你睁开眼看看啊!一年到头打不完的仗,缴不完的税,摊不完的徭役,连未成年的孩子都不放过,这世道还有天理吗!"

官兵们扬长而去,为首的边走边吩咐:"大的凑数,小的换酒喝。"

4

春日，洛阳郊外林边原野

拉夫的队伍在林边休息，反绑着双手的壮丁们趁着官兵打盹向树林里逃跑，小哥俩互看了一眼也跟着跑。有人不小心发出响声惊动了官兵，两个孩子躲闪在灌木后。哥哥个高，被官兵发现后小声对弟弟说："你蹲着别动，我引开他们，你躲到地沟里去！"哥哥为了保护弟弟从藏身处跑开，拼命地向树林里逃，反绑着的双手妨碍了他的速度；弟弟趁官兵去追树林里的人，边躲边跑，悄悄地朝树林外的地沟里逃。

追逐中少年被抓回，为首的官差数点了抓回的壮丁后，将少年人从队伍里拉出道："往死里打，谁还敢跑，就跟他一样！"

少年人忽闪着极度恐惧绝望的眼神，声嘶力竭地喊着："大叔大伯，求求你们，求求你们不要杀我！"官差们都是冷酷无情的脸，狠毒有力的手挥舞着粗硬的皮鞭，皮鞭雨点般地抽打着瘦弱的少年人。少年人痛彻心扉无助地惨叫着，偶尔喊出："娘！救救我！……"惨叫声微弱下去。少年人满脸是血浑身瘫软还在抽搐，官差们又轮番地用脚踢少年人的头部、腹部、腰部、心窝等致命处。为首的用脚踩在少年人的咽喉上使劲地碾着，直到他眼球突出咽气为止。

小男孩躲在不远的地沟里眼睁睁地看着哥哥惨死，线条分明的嘴唇被自己咬得鲜血淋淋也毫不察觉。

在官差们皮鞭的驱赶下，拉夫的队伍继续西去，原野上又恢复了寂静。

反绑着双手的小男孩从地沟里跑出，拼命地奔向少年人，他跪下，凄厉地哭着，用脸亲摩着少年人正在僵冷的脸和身体，一声接一声地喊着二哥。一种异常的声音使小男孩的哭喊声突然停止，那是远处低沉的、潮水般的喧嚣声，小男孩屏息环顾四周，辨别着声音的来处，当他确定这声音越来越近时，便想把哥哥的尸体藏起。

西北方向出现了一支万余人的队伍，队伍里大半是俘虏，押送的军人都佩着刀，俘虏的双手都被反绑着，用结实的麻绳牢牢地拴在一起。队伍中还有好些空载的马车，这些马车不像是坐人的，倒像是拉地瓜之类的。

小男孩挣不开反绑双手的绳索，他疯了似的想在树干上蹭断它。突然，原野上爆发出上万人的哀号声，这声音令人毛骨悚然。小男孩躲在灌木后从茂密树叶的缝隙中看去，眼前的景象使他惊呆了。他刚刚藏身的地沟两边，成了俘虏的屠宰场：一批批的俘虏被强制跪下，屠刀起起落落，一个个大活人眨眼之间身首异处。士兵们将拴在一起的无头尸身一串串地往地沟里拖。人头到处滚动，专门有人将人头捡起。有一颗人头向小男孩的藏身处滚来，一个士兵跟在后面，那头颅终于紧紧地咬住了草停下，随着颈部肌肉慢慢松开，才渗出了一摊鲜红的血。士兵过来将人头捡起，发现了少年人的尸体，却没有看见小男孩。士兵抽刀砍下少年人的头颅道："现在是以人头计数论功的，胜负有时就差这么一个。"说完漠然地提着两个人头走了。少年人满是血污的头颅，瞪着的眼里凝固着极度恐惧痛苦的眼神，正对着他弟弟的藏身处；受到极度惊吓和刺激的小男孩微张着嘴，两眼直勾勾地盯着他哥哥的头颅，一动不动地僵立着。

少年人的头颅被扔到车上。人头都往车上扔，那些刽子手，好像他们砍下的不是人头而是地里的庄稼。减少了一大半人的队伍赶着一辆辆满载人颅的马车掉头西去。

逃脱后的小男孩哭着蹭断了反绑自己双手的绳索，小心地解开哥哥手上的束缚，轻轻地抚摸着哥哥的伤，仔细地整理好哥哥的衣衫，掩埋了哥哥的尸身，脑海里浮现出和哥哥欢乐时的情形：哥哥背着他，从兜里变出好吃的给他，哥哥的笑容那样灿烂。小男孩回过神来，惊天动地地哭了。

不知何时来了鬼谷中那位鹤发童颜、短衣布褐的老人。老人身背药葫芦，捻着银白色的胡须，打量着这个嘴唇流着血、哭得如此拼命如此伤心的孩子。

孩子不哭了，问老人："老爷爷，您是干啥的？"

老人道："教书的。"

"有使天下不打仗的学问吗？"孩子的眼睛亮得像两颗星星，显然和常人不同。

老人道："有啊。"

小男孩问："真的？"

老人颔首后问："你叫什么名字？"

小男孩答："苏秦。"

老人飘然而去，小男孩迈着坚定执着的步伐紧紧地随着老人，广袤的黄土地上印着他柔弱的小脚印。

5

春日,阳城鬼谷

老人将小苏秦带到山里,推开一间茅屋的门,里面有几个短衣布褐的少年人在念书,其中也有个七岁左右的小男孩,这孩子正在调皮地跑来跑去抓小虫子。老人将这孩子招来,对小苏秦道:"苏秦,这是张仪,你比他稍大点,一起出去玩吧。"

两个小孩子跑到屋外,小苏秦问小张仪:"那教书的老爷爷怎么称呼?"

小张仪道:"人称鬼谷子,我们都叫他先生。"渴望亲情和伙伴的小张仪又道:"我父母都去世了,也没有兄弟姐妹,我们结为兄弟如何?"

刚刚痛失了哥哥、同样渴望亲情和伙伴、渴望安慰的小苏秦道:"好!"

小张仪兴奋地叫道:"拉钩!"

两个孩子拉钩的画面上传来无拘无束、空灵缥缈的旁白:"观天下纵横,始二人之身,能预见七国的盛衰兴亡,将主宰一百年的战国史,却掌握不了自己的命运。"

话音一落,定格的画面上映现字幕:十年后。

二　说秦不遇

6

夏日，阳城鬼谷

鬼谷中，林木郁郁葱葱，蝉声一片，显得格外安静。

长大了的苏秦和张仪这日正和学友们一起在屋前松柏下听鬼谷子授课，鬼谷子问："苏秦，何策能安天下？"

苏秦起身，此人身长昳丽，面如冠玉，目光锐利，声音柔和，其言道："势力均衡为下策，统一而治为上策。"

鬼谷子拍醒了正在打盹的张仪问："我和你师兄在说什么？"

张仪惊起，此人中等身材，皮肤黝黑，目光诙谐，声音高亢，他眼珠一转，牛头不对马嘴道："先生说，墨家主张对昏乱的国君讲圣贤之道，对奢侈的国君讲节俭之道，对只靠上天保佑、沉溺在酒色音乐中的国君讲和命运抗争之道，对肆无忌惮的国君讲神灵之道，对残暴好战的国君讲博爱和平之道。师兄说，这一主张就像对老虎说你不能吃肉一样，愚忠不足道也，不如顺势而为，因势利导，取权宜之计，以救天下百姓。"

满座学生掩口而笑，鬼谷子对张仪说："你既认为可以不用再学，干脆回家去。"

苏张二人连忙跪下，张仪道："我没有家，先生饶了我吧！"苏秦道："师弟夏日犯困，但先生所授，他领悟得比我等更好，先生就饶了他吧！"

鬼谷子对苏秦说："你和他同座，理应叫醒他，纵容别人的过错比犯错的更可恶，你和他一起下山去吧。"

苏张二人伏地异口同声道："先生就饶了我们这一回吧，以后再也不敢了！"

鬼谷子沉吟了一下，放缓了口气："良材不甘腐于岩下，好剑不能锈于匣中。你二人立志安定天下，既有本分当尽，如今学业已成，可以下山一展平生之志。"

二少年互相对视了一下道："是。"应声却不去。

鬼谷子问："你二人还有何话要说？"

二少年又异口同声道："学生进山以来，先生循循善诱，费尽苦心，再造之恩未尝报答，今日一去，不知何时回山，请先生教诲。"

鬼谷子道："你二人自小进山，志同道合，情胜手足，异日如能互相推荐，以成功业，为师即感欣慰了。"

二少年稽首受教："学生至死不敢忘先生之教。"

7

夏日，周之阳城

苏秦张仪辞别鬼谷子下山，一路行来，空中的风云气势磅礴，瞬息万变。二少年踌躇满志，目光如炬，山风烈烈吹动着他们的衣袂，虽是短衣、布褐、草履，却在斯文中透出叱咤风云的气概。

张仪："仁兄如何看待天下形势？"

苏秦："七国皆周朝封地，九州皆炎黄子孙，分久必合，统一而治，乃当今天下大势所趋。"

张仪："哪一国可以辅成帝业？"

苏秦："唯有秦国。"

张仪："何以见得？"

苏秦："秦国商鞅变法，已经奠定帝王之基业。"

张仪："那你我就携手助秦统一中国。"

苏秦解下自己腰间的蓝色衣带赠予张仪道："愿你我携手助秦，少用兵而统一中国，行先生《阴符》中神存兵亡之道，用你我之智，辅佐秦王少用兵或尽量不用兵而兼并诸侯，统一后用墨家无私的大爱治理天下，使百姓可以安居乐业，不再受战争之苦。"

张仪也解下自己腰间的赭色衣带回赠予苏秦道："一言为定！我们的心永远在一起。"

将出山，张仪又道："纵有满腹经纶，无人推荐也是枉然。我父亲在世时与楚相昭阳有交，你我不如同去楚国，待混得功名再做打算。"

苏秦道："十年在外，已劳父母牵挂，愚兄决意先回洛阳，然后直接去秦。我如成功，你就过来。"

8

秋日，轩里庄苏秦家

洛阳城外轩里庄，一个贫穷萧条、由土箕垒起的房屋组成的村落，一户普通的农贾人家，苏秦兴奋地推门而入，看见白发苍苍的娘亲，一个箭步上前跪在母亲跟前："娘，我是三子！"

苏母吃惊地打量着眼前这个长大成人的儿子，悲喜交加地捧起苏秦的脸仔细地端详着："是我的三子！是我的三子！你二哥呢？"

苏秦悲痛万分地看着母亲，怕母亲承受不了不敢说。

苏母追问："为娘没有一天不思念你们，眼睛都快哭瞎了，有你二哥的消息就直说，别让为娘的心再悬着！"

苏秦伏在母亲的膝上大放悲声："十年前，我们逃跑时，二哥为救我，被官兵抓去杀害了！"

苏母失声痛哭道："我苦命的儿，娘愿替你去死啊！"

哭声惊动了全家，有个年轻妇人和四弟五弟一起出来，苏母拭泪，强掩悲痛谓苏秦："你大哥去年春上殁了，这是你寡嫂，如今一家老小缝补浆洗都亏她操劳。"

苏秦连忙起身，小心地和寡嫂见礼："大嫂。"

苏母又谓两个小儿子："代儿、厉儿，快来见过你三哥。"

"三哥！"两个曾经穿开裆裤的弟弟和苏秦拥抱在一起。

在里屋听了半天的苏父颤巍巍地出来，苏秦似有畏惧地连忙跪下："爹。"

苏父："真是秦儿回来了。这十年你是怎么过的？"

苏秦："孩儿跟着墨子的好友王诩，人称鬼谷子，在颍川阳城的大山里过的。这次回洛阳看过爹娘后还要去秦国游说秦惠王。"

苏父："我农贾之家，种田做生意方是正事。你弃本行而事口舌，弃见成之业而图未获之利，他日生机无聊，如何了得？"

苏秦："孩儿屈首受书，事业已定，还求爹娘放行。"

苏父："你既然执意要求取功名，那就去洛阳城里游说周王，不必长途跋涉、破费钱财、舍近求远地去秦国。"

苏秦迟疑了一下道："孩儿遵命。"

9

秋日，轩里庄苏秦家

兄弟三人从洛阳城里回来，苏父问苏代："你做生意向来老到，这次如何亏的？"

苏代道："所赚银两都让三哥做了进见周王的费用。三哥以自强之术见说周王，周王嫌三哥出身寒微不用。"

寡嫂在一旁道："如今这世道，家中无洛阳负郭田二顷，到哪儿都甭想做官。"

苏父对苏秦道："你就安心在家吧，不许再有去秦国的念想了。你大哥早逝，膝下无子；你二哥最苦，连亲都没娶上就走了。现在你为长兄，理当娶妻生子，对祖宗有个交代。"

10

秋日，轩里庄苏秦家

布置喜庆的土屋里，苏秦揭开新娘的红盖头，新娘相貌平平，却也端庄大方，苏秦锐利的目光和新娘爱慕的目光触碰了一下，苏秦的目光避开了……

11

冬夜，轩里庄苏秦家

苏秦正聚精会神地在做好的竹简上写书，妻子在旁屋织布，寡嫂在院中数落："一个大男人不出去挣钱，待在家里靠女人养活。满脑子尽想当官，你要能做个芝麻官，我也头顶香炉，三步一拜，五步一叩，爬到村前去迎你！"

苏秦闭门，继续写书，夜深人困，持锥刺股，顿时痛得毫无倦意，腿上鲜血直流，将鞋袜染透，苏秦专心写书，并不察觉。

苏妻停机回房，推门不开，窥门缝，见丈夫鞋袜染红，以为其想不开寻了短见，吓得哭了起来。

苏秦闻声开门，妻子止住了哭声。母亲又披衣拄杖过来，苏母见儿子腿上血流至踵，以杖击地责道："不孝的孽障，你是在和爹娘怄气吗？"

苏秦这才发现自己的鞋袜已被染红，连忙跪下："孩儿不敢，只因著书困倦，故而以锥刺股。"

"你站起来!"母亲挽起儿子的裤筒,见其腿上锥痕累累,又是心疼又是生气,"你这书甭写了!天底下古往今来,哪有像你这样写书的?你把自己的腿扎成这样就能把书写好了?"

苏秦:"娘,孩儿知错了。"

苏母命儿妇:"取火盆来!"

苏秦连忙跪下:"母亲息怒,孩儿知错了,孩儿下次再也不敢了!"

苏母怒气难消,仍命儿妇:"取火盆来!"

苏妻难违婆母之命,取来了火盆。苏母盛怒之下,将案上竹简一股脑儿地投入火中:"你心目中只有这些书,哪里还有娘亲!"

夫妻二人不顾灼手从火中抢出竹简,双双跪在母亲面前,苏妻谓婆母:"娘,这些书是他的命根子,他并非心中没有娘亲,娘烧了这些书就是要了他的命!"

苏母闻言老泪横流,将手中要烧的竹简放回案上,唏嘘而去。

妻子替丈夫铺床理案,无意中碰到了手上的燎泡,痛得叫出声来。苏秦连忙取药走到妻子跟前,为妻上药包扎,手法非常娴熟。

苏妻:"你的手也包一下,你的腿伤成那样也不上药?"

苏秦看着这位志趣上和自己完全不同的妻子，心里充满愧疚言道："痛就好，不可再睡。"话锋一转："我让你受了不少委屈。"

苏妻犹豫片刻道："我已有了身孕，我怕这孩子来到这世上受苦。"

苏秦欣慰道："你放心，我决不会让我们的孩子受苦。"因感妻子为自己从火中救书，苏秦又道："明天一早，我将瞒着父母动身去秦国，你就当不知道吧。行李我已经准备好了。你要当心自己和肚里的孩子。"苏秦说完继续著书，苏妻含泪为其披衣御寒。

东方欲晓，苏秦将写好的最后一卷书放进早已准备好的行囊中，悄悄地掩上还贴着"囍"字的家门。屋外，天边闪烁着几颗晨星，轩里庄的人们还在梦乡之中，只有刚刚还伴睡的妻子正在窗前看着执意赴秦的丈夫离家远去，默默地将自己脸上的泪水擦干。

12

秦都咸阳

（银屏右上角出现字幕：秦国）

城门上大张布告，布告上曰："商鞅谋反商於，今幸缚归，令车裂徇市，诛灭九族，以儆效尤。"观者噤若寒蝉，人群静如死水。苏秦也在其中，他的目光中有极度惊讶、悲愤和失望的神情。

13

咸阳秦大夫寒泉子府邸

书房内,寒泉子(人物下方有字:秦大夫寒泉子)正在案前阅卷,看得入迷,惊喜道:"这十万字上书是谁写的?"

侍从回道:"是洛阳苏秦写的。听说此人出身穷乡闾里,师承颍川阳城鬼谷子。"

寒泉子看到佳处忍不住念出声来:"明主以霸为志,攻战之道,顺民之意,料兵之能。立约不代人受过,攻取不为人挫强,按兵而后起,寄怨而诛不直,少用兵而仗于义,霸业成而人心归。"念到此击掌赞叹道:"此人将相之材也!"又问侍从:"上书是他本人送来的吗?"

侍从回:"是,听说他是个十七八岁的少年人。"

寒泉子道:"贤不分长幼。商鞅变法,使秦国富强,商鞅虽死,法律犹存。按商鞅招贤纳士之法,庶民可上书,大王可见游说之士。我且按章程办事,就看大王和他是否有缘分。"

14

秦 宫

秦宫戒备森严，文武百官两旁侍立，十八岁的苏秦气宇轩昂步履稳健地走来。寒泉子打量苏秦的目光中充满敬仰。

秦惠王（人物下方有字：秦惠王）见苏秦年少，危坐而问："先生不远千里而来敝国，有何见教？"

苏秦道："臣闻先王攻河西，战岸门，令诸侯割地，欲称霸天下。秦东有关河，西有汉中，南有巴蜀，北有代马，背山带渭，沃野千里，乃四塞天府之国。据山川之险，本国库之富，依法纪之严，仗士民之勇，并诸侯，吞周室，一统天下，称帝而治，易如反掌。大王如有意，臣可奏其效。"

秦相公孙衍（人物下方有字：秦相公孙衍）面有妒色，目光中有刻意鄙视和打压的表情，其出列奏道："游说之士皆善舞文弄墨，摇唇鼓舌，其言空高无用。如果不废除商鞅的这条庶民可上书、大王可见游说之士的律法，不禁止游说之士入境，势必造成全国浮说成灾，不治而议论。"

秦惠王谓苏秦："孤闻羽毛未丰不可高飞，文理未明不可兼并，道德不厚不可使民，政教不顺不可烦大臣。"

苏秦道："秦国开阡陌，废井田，崇本抑末，国家富强；奖励军功，赏罚分明，士民勇敢；设县令，辟新政，但可强国，不法其故，但可利民，不循其礼，因地制宜，因事制礼，政策英明；新近又逼魏迁都，魏西河之地唾手可得，一旦黄河天险在秦掌握，进可攻，退可守，东向以制诸侯，地形便利。如此国家富、士民勇、政策明、地形利，正是帝王之基业，大王何谓羽毛未丰？当今天下周室衰败，不能再控制诸侯，是以群雄争霸，生灵涂炭，战争不息，大王如能顺势而为，统一中国，使百姓安宁，又何谓文理不明、道德不厚、政教不顺？"

太傅公子虔（人物下方有字：秦太傅公子虔）摸了一下被商鞅割掉了鼻子后的残留处，出列奏道："苏秦和商鞅乃同一类人也。大王刚诛商鞅，若用此人，恐怕人心浮动，于大王不利。"

秦惠王见左右反对，便谓苏秦："今日先生俨然庭教之事，尚不在寡人谋略之中，请自便。"

苏秦道："臣已料大王不会用我。当今之世，到处是能言善辩的达官显贵，到处能听到仁义道德，到处都说得冠冕堂皇，可是战争却没有停止，反而愈演愈烈，其原因就在于世上的君主皆迷惑于言辞，纠缠于辩说。大王若是想要臣服诸侯，只有少用兵而统一中国，施仁政于天下。"言讫长揖而去。

大夫寒泉子惋惜地看着苏秦离去，出列奏道："昔日魏王不用商鞅，公叔痤道，不用必须除之，魏王不听而有迁都之祸。大王如不用苏秦，千万不能让他离开秦国！"

秦惠王道："国家称霸，靠的是天时、地利、人和，像这样的黄口小儿有的是，寒大夫多虑了。"

寒泉子不便再说，决意杀苏秦以绝后患。

15

秦都咸阳

寒泉子带着大队人马赶到客栈捉拿苏秦。

苏秦在街上远远地看到官兵围住了客栈,有两个路人在议论,一个问:"这些官兵将客栈围住干什么?"另一个道:"听说是抓商鞅的同党。"

苏秦在熙熙攘攘的人群中向城门口跑去。刚出城,寒泉子带兵赶到,城门立刻关上。

苏秦只身逃出咸阳,远望秦都良久,转身离去……

16

深秋，洛阳郊外林边原野

苏秦说秦不遇，这日来到一似曾相识之处，原野上忽然发出上万生灵的哀号声。苏秦四顾无人，蓦然见鬼谷子站在林边，苏秦揉了下眼睛，三步并作两步，跑到鬼谷子面前，拜倒在地，喊了声："先生！"已激动得说不出话来。

鬼谷子扶起苏秦问："还记得吗？当年就是在此地遇到了你。"

苏秦再次打量了一下四周，感慨道："难怪我刚才觉得好像到过这里，当时的情形学生是记得清清楚楚的。"

鬼谷子："你从哪里来？"

苏秦："学生以十万言兼并之策说秦王不遇。"

鬼谷子："现在做何打算？"

苏秦："学生决定先说六国合纵抗秦，然后暗荐张仪去秦破纵连横。现在途经洛阳，想回家看看。"

鬼谷子："你就不想用势力均衡之策安定天下？"

苏秦：“当今世道，人心贪鄙，各为功利，佞臣当道，策士纷扰，尔虞我诈，强兵藏谋，虽有人质和协议犹无法约束，学生岂能以一人之智堵万人之口，以一人之力挽天下之势？势力均衡难以持久，学生提出势力均衡之策是为相反相成，助张仪去秦破纵连横，用统一之策安定天下。”

鬼谷子：“你和张仪这么好的兄弟，要成为外交对手，他能愿意吗？”

苏秦：“我可用激将法让他愿意。”

鬼谷子：“你是在做一件使别人成功，自己身败名裂的事。还是跟我回山等待时机吧，吕尚隐于渭水之上，八十岁才得遇文王，后来助武王得了天下。”

苏秦：“吕尚是吕尚，苏秦是苏秦。若能以苏秦一人之身名换天下和平，值也。”

鬼谷子：“天下最难得者乃聪敏之士。以你之天资，悟道成仙，享彭祖之寿不难也，何苦要沾满尘埃？”

苏秦：“老子无为，墨子爱人，孔子中庸，杨朱自爱，各有所志。先生教导学生效仿墨子，摩顶放踵，利天下为之。学生受先生之教，不敢自弃。”

鬼谷子：“你去摘一朵野花来，让我替你算个卦。”

苏秦看到几朵野花都不喜欢，路边有株野菊正合心意,苏秦将野菊摘来谓鬼谷子:"此花虽然形不美,味不佳,世人不欣赏,然则其全身可入药,能医人病痛。兰蕙重美而此花重实效也。"

鬼谷子看着野菊,声音颤抖道:"你怎么偏偏挑一枝被车轮碾过的野菊呢?破纵还需合纵之人,苏秦不死,张仪不成也!跟我回山去吧,为师老了,想留你在身边做个伴。"

苏秦看着须发皆白的先生心如刀绞,师徒二人好半天没有说话。沉默良久,苏秦再次跪下,双手捧着野菊举过头顶道:"先生隐居深山,旨在教育救国,如今天下兵血成河,民不聊生,岂可无人安定天下。学生但得志成,死而无憾。"

鬼谷子双手接过野菊,小心翼翼地将其放入自己的布袋里,师徒二人泪目相对。鬼谷子道:"秦惠王虽不用你,但那十万言上书必然使你名扬天下,你可趁此机会游说六国。"

17

冬日，轩里庄苏秦家

大雪铺天盖地地下着，轩里庄静静地卧在雪原上。苏秦面目黧黑，羸縢履蹻，步步维艰地走来。至家门犬声四起，邻家顽童唤狗将他扑倒在地。

寡嫂启户观看，以为是一乞丐，开门喝住了狗，数落道："这大雪天，你可别冻死在咱家门口，要饭也得有个时辰……"

苏秦以袖遮面打断道："大嫂！"

寡嫂认出了小叔，惊讶之余，装模作样地打量了半天方道："哟，是小叔回来了。你这打扮，莫非是当上了秦国的大官，故意地来戏弄我们吗？"

"苏秦岂敢如此狂妄。"苏秦无地自容道。

寡嫂："这么说，你是真成了要饭的回来了。我早就说过，家中无洛阳负郭田二顷，要想做官，除非日从西出，河水倒流！"

围观者多了起来，二老也闻声出来，苏秦连忙跪下。苏父见儿子遭邻里侧目，怒从心起，骂道："不孝的畜生，叫你不要去秦国，你瞒着家里走，成了要饭的竟然还有脸回来？我苏家十八代祖宗的颜面都让你给丢尽了！你给我滚出去！"说着举杖向苏秦狠狠地打去……

苏母一边拦着苏父，一边朝屋里喊道："代儿、厉儿，快来劝劝你们的父亲！"

苏代在屋里摆手让苏厉别出去。

苏母见无人解救，只得死死地抱住丈夫手中的拐杖道："你何苦为这逆子气坏了自己的身体，这不孝的东西不值得去理他。"边说边将苏父拽进屋去。

四下里传来关门之声。苏秦起身，只剩下妻子腆着个大肚子站在他面前。苏秦道："二哥为我而死，他叫苏玉。孩子出生，无论男女，就叫苏玉吧。"

苏妻想起丈夫在梦中痛彻心扉地喊他二哥的样子，便道："让人揪心的事不能常放在心上。"

苏秦以手遮目有些失控道："二哥遭难时的情形在我心里挥之不去，希望看到这个孩子后，能让我稍微缓解一点。"苏妻摘下自己身上唯一值钱的耳环给丈夫。苏秦轻轻推开道："我不会要的，你要孝敬爹娘，还要抚养孩子，自己也要保重……"于是向妻子深深一揖，转身而去，在漫天的风雪中渐行渐远……

三 暗荐张仪

18

春日，燕都蓟京

（银屏右上角出现字幕：燕国）

燕京市井繁荣，车来人往，各种嘈杂声和小贩的叫卖声不绝于耳。苏秦破衣烂衫在一家食铺门口看是否有剩菜剩饭可以充饥。那家掌柜的十分凶狠，推搡道："别在这儿站着，影响我做生意！"苏秦站立不稳，正好撞在几个穿绫裹缎形象猥琐的纨绔子弟身上，其中一个给了苏秦两巴掌："妈的，瞎了你的狗眼，脏兮兮的竟敢撞到爷们的身上来！"另一个见苏秦虽落魄，气质仪表也使自己相形见绌，于是嘴一撇："奴才们，给他点颜色看看！"又一个捂着鼻子道："把他摁在地上挨个儿骑！"

恶奴们怪叫着一拥而上，按头的按头，按脚的按脚，踢的踢，打的打，将苏秦扳倒在地，又拿着大把的秽物往他嘴里塞，说："这小子爬不动，给他喂点儿料。"

"住手！"人群中走出一人，唇若拭朱，眉眼如画。

恶少们不服："多管闲事，揍他！"

恶奴们放了苏秦，将那人团团围住。那人身手矫健，动作敏捷，只几下便将恶奴们打得落荒而逃。

那人也不追赶，俯身去看苏秦，拨开乱发，感到眼前一亮。苏秦也启目看那人，彼此的相貌气质互相吸引。那人道："在下齐仁，老家在齐国临淄。先生何方人氏？"

苏秦："在下苏秦，家在洛阳轩里庄。"

齐仁："先生欲往何处？"

苏秦："想见燕王，无人引见。"

齐仁："先生想见燕王，不知可有胆量拦驾？"

苏秦："不知何处能拦驾？"

齐仁："在下家在燕郊，燕王每年春天要去那里郊游。先生可在俺家小住，等候燕王。"

苏秦："可我穷困潦倒，身无分文，怎好搅扰义士。"

"你只管住着就是。"齐仁见苏秦被打得难以起身，也不问他是否愿意，背起他就走。

19

春日,易水边齐仁家

青山绿野,鸡犬相闻,竹篱茅舍,炊烟袅绕,易水在屋前流淌。苏秦在水边洗衣,齐仁在一旁和他闲聊。

齐仁:"你怎么缝缝补补,洗衣做饭,疗伤治病,样样在行?"

苏秦:"我曾去山里求学,在山里样样都得自己做。"

齐仁:"你在山里学点什么?"

苏秦:"天文地理、六韬三略、世间利害、风土人情、礼乐射御、琴棋书画,什么都学,也学点医道和心理之术。"

齐仁:"你师父是谁?"

苏秦:"墨子好友王诩。"

齐仁:"墨家崇尚大爱治国,我很敬仰。你师父肯定和他志趣相投。"

苏秦:"我师父更讲实际,更讲实效。"

齐仁:"你为何要见燕王?"

苏秦未知齐仁底细,没有将自己真正的意图告诉齐仁:"我要说服六国,结盟合纵抗秦,维持天下势力均衡,使百姓不受战争之苦。"

齐仁孩子般地开心道:"那真是太好了!我是个没家的人,和你在一起,就像又有了家的感觉。"

苏秦:"你是齐国人,为何要到燕国来住?"

齐仁:"我自幼随父习剑于泰山之上。先父原是齐王的剑师,因遭奸人陷害,满门抄斩,只走脱了俺一人。俺手刃仇人为全家报仇,无奈宣王追捕,只好背井离乡藏匿在此。"

苏秦:"想不到你的身世如此悲惨。"

一言勾起了齐仁对双亲的思念,他从怀里掏出一把短剑轻轻地抚摸着:"父母生前谆谆教导,要学比干、子胥高风亮节,虽死犹生。"

苏秦:"比干忠不能保纣,子胥烈不能存吴。"

齐仁:"齐仁若能及其半点,也不枉来人世一遭。可恨如今寄居异乡客地,不能为国尽忠。"

苏秦岔开话题:"你的这把匕首很特别,能否借我一观?"

齐仁将短剑递给苏秦:"此乃俺家祖传之剑,削铁如泥,见血不沾,剑鞘剑柄上都刻着似龙非龙、似鱼非鱼的怪兽，故名鱼龙剑。俺家的规矩，不给外人看此剑，就为这事得罪了人，才遭灭门之灾。"

苏秦连忙推开宝剑："我不敢坏了你家的规矩。"

齐仁："你是例外，你我前生有缘，一见如故。"

苏秦看了齐仁一眼，接过剑来细细欣赏。这一青铜器时代的精良制作，剑鞘剑柄上鱼龙图案狰狞古怪，剑身出鞘犹如一段寒光。苏秦不禁赞道："好一把鱼龙剑也！"

齐仁："此剑再好也只能逞匹夫之勇，唯先生之剑方能安定天下。"

苏秦："你又先生先生的这么别扭。你是剑得其人珠联璧合，秦是徒有其剑只能尘封于世。"说完仰天长叹了一声。

齐仁："你千万不可灰心丧志，这次你一定能有机会见到燕王说服他的。"

苏秦欲说还休："我不是这个意思……"

齐仁问："你怎么了？"

苏秦看着齐仁，将想说的话咽了回去。

20

❀

春日，易水边开阔地

齐仁在舞剑，苏秦在看书。苏秦忽然焦虑起来，齐仁没说什么，重新开始舞剑，剑走之处山河低昂天光失色。苏秦被吸引，待其舞罢击掌道："你的剑法真是炉火纯青，出神入化，变幻莫测！"

齐仁道："数月来，你看书，俺舞剑，你从没夸过俺，今天你夸俺了，你知道为什么吗？自从你来了以后，我们谈书论剑，俺的剑术和你的学问相比，乃是雕虫小技，所以俺剑未出鞘已经气馁。今天俺见你颓丧，想用自己的剑气恢复你的信心，所以剑一出鞘就精神百倍。"

苏秦深情道："看君舞剑，苏秦受益匪浅，领教也！"

齐仁："秦……"

苏秦："仁……"

齐仁："秦、仁，情人。下辈子你投胎做个女的，俺一定要娶你！"

苏秦微红了脸："你也会开玩笑？"

21

春日,易水边齐仁家

小院依山傍水,易水边绿烟朦胧,宛如仙境。忽然远处车马喧阗,齐仁赶回家中报信:"燕王到前村了!"

苏秦回屋仔细地修剪了自己的指甲。齐仁将一件簇新的白缎长衫从箱里取出,等在一边,待苏秦剪好指甲言道:"这长衫是我娘亲手缝制的,我娘死后,我连碰都舍不得让人碰。今日你要不嫌弃就穿上,你要见外就别穿。"苏秦闻言默然不语,任齐仁替他穿好。

二人走出屋外,相视片刻。白云悠悠,易水长流,细浪轻轻地拍打着两岸,于无声处,自有一种比男女之爱更奇妙的感情在交融。

22

春日,易水绝佳处

燕山雄伟,易水清秀,桃李争妍,风光明媚。燕文公(人物下方有字:燕文公)与夫人(人物下方有字:文夫人)鸾驾郊游。文公已两鬓斑白,文夫人却正当妙龄,风姿绰约,光彩照人。文公谓夫人:"如此大好景色,却不能博夫人一笑。"

正说着,鸾驾骤停,内侍来报:"有一布衣拦驾求见。"

燕文公恼道:"何人如此大胆,拖出去杖毙了!"

文夫人道:"今日郊游,何必为一布衣扫兴?此人胆敢拦驾,必有缘故。大王求贤若渴,岂能因此一人而冷了天下贤士之心?"

燕文公道:"夫人言之有理。"遂令内侍:"王伦,将拦驾之人带来见我。"

苏秦谒见文公:"小民苏秦叩见大王。"

文公惊道:"你就是洛阳苏秦?昔日以十万言兼并之策

游说秦惠王的就是先生?"

苏秦道:"正是在下。"

燕文公连忙下车见礼:"久仰先生大名,今能得见,乃燕国之大幸也。请先生随寡人回宫一叙。"

文夫人因文公喜怒无常嫣然而笑。燕文公见夫人难得一笑,再看苏秦一身白缎长衫,如玉树临风,心中嫉妒,装作无事,吩咐手下:"给先生备车。"

23

春夜，燕宫

燕文公邀苏秦回宫，秉烛促膝而谈。文公道："秦国虎视中原，寡人自然明白。燕乃弱小之邦，南近齐，西邻赵，齐赵都是强国，寡人虑其攻燕才不得不与秦国联姻。"

苏秦："齐赵攻燕战于百里之内，秦攻燕战于千里之外。大王不忧百里之患而重千里之外，不去和邻国搞好关系，反去喂养虎狼，臣窃以为此计不可取也。"

燕文公："当今之世，弱肉强食，小国不依附大国焉能生存？"

苏秦："当今天下，秦楚为大，与楚结盟为合纵，与秦结盟为连横，重战功，轻仁义，讲实力，只有双方势力均衡，方可谈和罢兵。如今秦楚势力悬殊，秦强楚弱，这样秦国就势必要向东扩张。燕之所以不受战争之害，是因为秦攻燕须逾云中、九原，经代上、谷弥，即使得到燕地也不能守卫，赵为燕蔽其西也。一旦秦国蚕食了三晋，燕国失去了门户,战争便不可避免。"

燕文公:"以先生之见,燕国当如何自保?"

苏秦:"依臣愚见,不如六国结盟,遏制强秦,维护天下势力均衡。只有这样,燕国才能确保无患。"

燕文公:"先生以合纵之策安定燕国,寡人自然赞成,只怕燕国弱小,诸侯不肯相从。如今山东各国,数赵国最强,先生何不与赵王面议合纵之事?"

苏秦:"臣已去过赵国,奈何赵相公子成道,布衣不能见一国之君。"

燕文公:"寡人可赠你高车驷马、锦衣侍从,推荐你去见赵王。"

24

春日,赵宫

(银屏右上角出现字幕:赵国)

赵肃侯(人物下方有字:赵肃侯)在宫中会见苏秦,相国公子成(人物下方有字:赵相公子成)在侧。赵肃侯问苏秦:"燕王向寡人大力推荐先生,不知先生有何见教?"

苏秦道:"臣观天下列国,韩燕弱小,齐兵散漫,魏无山川之险,楚虽地广人多,然食玉炊桂,十年九灾。唯有秦国,国富兵强,地利人和,不但是赵国的患害,也是天下的祸根。一旦秦兵大出函谷关,韩魏必然臣服于秦,韩魏事秦,灾难便会临到赵国。"

赵肃侯:"先生一言便道中寡人的心病,寡人正为此事感到忧虑。"

苏秦:"保国必先安民,安民首选外交,外交得当则民安,外交不得当则民不得安。大王攻魏黄城不克,筑长城以御。魏乃华夏之中枢、山东之门户,大王与魏争雄,正好让秦国坐收渔人之利。大王亲楚而远韩魏,魏弱则将河外割让于秦,河外归秦,赵国的西部边境就要受到威胁;韩弱则将宜阳献与秦国,宜阳归秦等于失去上郡,一旦魏国失去上郡,秦国将如虎添翼势不可挡,东向扩张,蚕食列国,如囊中取物。"

赵肃侯:"以先生之见,当如何择交?"

苏秦:"臣查考天下地图,六国之地五倍于秦,六国之兵十倍于秦,只要六国能同心协力遏制强秦,天下便可相安无事。赵乃山东强国,大王如能倡合纵之议,约六国从亲,齐桓晋文之业成也。"

赵肃侯:"寡人在位以来,还未曾听到过有人将天下形势分析得如此透彻。今蒙先生赐教,使寡人茅塞顿开。愿拜先生为右相,将武安赐你为封地,替我合纵。"

赵相公子成道:"王兄,此事欠妥。秦相公孙衍败魏于雕阴,斩首四万五千级,魏割阴晋求和。公孙衍正想移兵东下,倘若知道我倡合纵抗秦,只怕是合纵不成祸先至也。"

苏秦谓赵肃侯:"臣有同学张仪,此人极善辞令,倘能暗中推荐其去秦国用事,其定能说服秦王不攻赵国。"

赵肃侯大喜:"那就赶快将张仪找来,待他在秦国用事后,再倡合纵之议。"

苏秦:"请为臣找一个办事可靠、能守机密、和秦楚两国的贵族都有交往的人。"

赵肃侯沉吟片刻道:"有个珠宝商倒是个合适人选。"

25

春日,赵都苏府

赵肃侯新赐苏秦的府邸前,来了一位车饰华丽衣着体面的商人。

门人报于苏秦:"邯郸富商毕成求见。"

苏秦见毕成于密室。毕成奉上一个匣子:"此乃家中珍藏的一块玉佩,请相君笑纳。"

苏秦看过后道:"先生珍藏的远不如楚相昭阳的和氏璧。"

毕成:"相君要是喜欢,在下愿倾其所有,将和氏璧弄到手。"

苏秦:"我无意于和氏璧。我有个同学叫张仪,在昭阳府上做事,我取张仪,先生取和氏璧,如何?"

毕成:"怎样取法?"

苏秦伏耳告之。毕成连连颔首:"此法甚好。相君放心,在下自有安排。"

苏秦叮嘱道:"千万不可伤到张仪。"

26

夏夜,楚国赤山之下

(银屏右上角出现字幕:楚国)

赤山奇峰兀立,林木葱郁,山下有深潭,潭边有高楼。楼上楚相昭阳(人物下方有字:楚相昭阳)正与门客夜宴;楼下,侍从们烹鱼煮肉,端酒上菜,穿梭往来。

席间,宾主饮酒作乐,轻歌曼舞,觥筹交错,张仪和赵国的珠宝商毕成都在座中。众人喝得歪歪斜斜时,毕成道:"听说令尹有稀世珍宝,何不取出一赏,以助酒兴?"

昭阳醉醺醺道:"好主意!老夫征讨越国有功,大王特赏和氏璧以示嘉奖,老夫走动携带,从不离身,今日也让在座各位开开眼界。来人,快去将和氏璧取来。"

侍从取来一锦匣,昭阳层层打开,将灯吹灭,黑暗之中,一块无瑕白璧晶莹玉润,熠熠生辉,座中无不喝彩。昭阳得意道:"此璧乃贫士卞和发现于荆山,最初献给厉王,厉王以为是石头,打断其左腿。以后又献于武王,武王也以为是石头,打断其右腿。至文王即位,卞和又想献玉,奈何双腿俱残不能行走，只好抱璞痛哭于荆山之下。其哭道，悲乎，美玉被说成石头，贞士被说成小人。文王听说后，令人取来，使匠人剖开一看，果然是块无瑕白玉，制成器后，取名和氏璧。"众人正听得入神，楼下人声鼎沸。昭阳醉中糊涂，弃了和氏璧，伏窗问道："何人在下面喧哗？"

楼下答道："回令尹的话，潭中跃出一尾金色大鱼，小厮们从未见过这么大的金鱼，故而惊讶。"

毕成道："金鲤宝璧乃吉祥之物，今日同时显现，令尹鸿运临门也！"

昭阳大喜："走，看看去！"众人皆随声附和，一同秉烛下楼观鱼，楼上独剩一向不喜欢随众凑热闹的张仪。黑暗中，张仪临窗观看时，身后有条人影一晃而过。

众人围潭举灯而观，一尾金色大鱼摇头摆尾潜入水底，见者无不称奇。毕成道："金鲤出水，宝璧露世，日后定有异人异事显现。"

一言提醒了昭阳，陡然想起和氏璧未曾收藏，赶紧转身匆匆上楼。侍从们急急忙忙点灯，案上的宝璧已不翼而飞。昭阳酒也吓醒了大半，连呼："我的宝璧，我的宝璧，我的和氏璧啊！快给我找！"

众人折腾了半日也不见和氏璧的踪影，有人小声谓昭阳："张仪家贫，且又未曾下楼观鱼。"昭阳一听，拍案而起:"大胆张仪!自你来到府上,老夫处处抬举于你,不想你竟敢盗取某心爱之物,还不快从实招来!"

张仪叫屈道:"令尹诬我盗璧,有何凭证?"

昭阳道:"不用大刑,谅你也不肯招认。来人啊,大刑伺候!"

家丁们将张仪带走,堂下传来张仪受刑的惨叫声。惨叫声突然停止,家丁来报:"回令尹的话,张仪宁死不招,已经咽气。"

昭阳懊恼道:"看来见渊鱼者不祥也,拖出去埋了吧。"

27

夏夜，荒郊

几个家丁将张仪抬到郊外，把人放在一边，开始挖坑。野地的风将张仪吹醒，一辆马车赶到，毕成从车上下来，看了看张仪，现付家丁黄金二百两，将张仪扶起："来，我帮你把这血衣脱下，让他们埋掉可以交差。"张仪小心地将自己腰间苏秦送他的蓝色衣带解了，紧紧地攥在手里。毕成为张仪脱下血衣，将他扶到车上，车夫扬鞭催马而去。

荒原上，家丁们将张仪的血衣埋掉。不远处，野狗扒着土坑狂吠乱叫，草丛里散落着一根根的白骨。

28

夏夜，大路之上

马车在道上颠簸，车上，毕成安慰张仪道："张先生不用担心，幸好未曾伤着筋骨。"

张仪："毕先生与我素昧平生，为何如此恩待于我？"

毕成："有人说人穷便是盗贼，我看着心中不平。"

张仪："听先生说苏秦在赵国为相，果真否？"

毕成："小人家在赵国，这点消息恐怕不会有错。"

张仪："那苏秦是何方人氏？"

毕成："听说是洛阳轩里庄人。"

张仪："先生可曾亲眼见过苏秦？"

毕成："我们这些做生意的，哪一国的权贵都得孝敬，苏秦乃豪门新贵，还能没有见过？颀长身材，白净面皮，容貌清秀，目光犀利。"

张仪："果然是他。"

毕成："张先生认识苏相国？"

张仪:"岂止认识,我和他同窗十载,情胜手足。"

毕成:"那你还不投奔他?小人贾事已毕,正要归赵,如蒙不弃,愿与先生同车。"

马车加速向赵都邯郸驶去。

29

夏晨，邯郸客栈

（银屏右上角出现字幕：赵国）

马车驶进赵都邯郸，在一家气派的大客栈前停下。毕成、张仪下车，店主出迎："毕老板又有贵客到了。小店已经给您备好了上等的客房。"

毕成介绍张仪："此乃苏相国的好友，千万不可怠慢了。"店主连声称是。毕成便向张仪拱手道："请容小人改日相访。"

张仪也拱手道："这次能活着到邯郸，全仗先生义举。若有前程，定然不忘先生大恩。"

毕成笑道："张先生不必客气，你我后会有期。"

毕成走后，张仪沐浴更衣，仔细地系上了苏秦送他的蓝色衣带，大步流星地走出客栈。

30

夏晨，邯郸苏府

赵武安君府邸，雕栏画栋，朱门嵯峨。张仪找来，问门人:"这是苏秦的府上吗?"

门人:"你怎么敢直呼我家相爷的名讳?"

"我是你家相爷的兄弟。"张仪边说边往里面闯。

门人拦住道:"不管你是谁都要通报的，这是府上的规矩。请问如何通报?"

"你就说是他兄弟张仪。"张仪无奈，只得候在门外。

门人报于苏秦:"相爷，您的兄弟张仪在门外候见。"

苏秦闻报，转身背对门人，良久方道:"对他说，我公事未毕，请下午来。"

门人出去谓张仪:"相爷公事未毕，请下午来。"

张仪闻言很吃惊地怔在那里。

张仪蹲在门外，回忆起过去山里的一些往事。

（出现当时情形。）雪压劲松，北风呼啸，山里的冬夜特别寒冷。茅屋里，小苏秦和小张仪互相掖被，你怕我冷，我怕你冷，蜷在一个被窝里抵足而眠。

鬼谷的秋天，霜叶如花，夕阳似血，小苏秦采了些山梨回来，小张仪高兴得手舞足蹈："这是我最爱吃的！"

小苏秦："这些都是你的，留着慢慢吃，吃多了会伤脾胃的。"

小张仪："要吃一起吃，你不吃我也不吃。"

小苏秦："因为你喜欢吃，我好不容易才找来的，我要看着你吃才开心。"（当时的情形消失。）

苏秦在书房里谓书童："你去看一下，那人还在吗？"

少时书童来报："回相爷，他在门外等着。"

苏秦情不自禁退去众人，独自闭门痛哭。

苏府门前烈日当空骄阳似火，张仪蹲在那里口渴难耐。

苏府内，书童将主人的午餐端了上来。书房的门被苏秦关了，书童叫门不开，只得将主人的午餐原封不动地端了下去。

傍晚，苏府门前热闹起来，车水马龙，贵客如云。门人嫌张仪碍事："你上一边去！"张仪正无处容身，书童找来："你就是张仪张先生吗？"

书童引张仪从耳门入,经侧廊至堂前:"相爷吩咐,请你在此稍候。"

张仪从清晨候至夜晚,候得腿酸心焦,又饥又渴,解下腰间苏秦送他的蓝色衣带,狠狠揣在袖中。

府吏终于传下话来:"张仪何在?"

张仪迈步登阶,心想:"他见了我总会起身相迎。"不料苏秦端坐不动,锐利的目光冷冷地注视着他。张仪徐徐走来,脑海里又回忆起过去山里的一段往事。

(出现当时情形。)云遮雾障的峡谷,二少年在悬崖上采药,苏秦在前,张仪在后。攀到险要之处,张仪脚下的岩石突然松动,眼看就要坠入万丈深渊。千钧一发之际,苏秦一手抓住荆棘一手拉住了张仪,鲜血从苏秦抓住荆棘的手上淋漓而下。苏秦咬紧牙关,额上渗出了黄豆大的汗珠,却仍然紧紧地拉着张仪不松手,张仪终于得力脱了险。二少年上了悬崖,死里逃生的张仪抱着苏秦放声痛哭。苏秦安慰道:"不怕,我们脱险了。"张仪摸着苏秦流血的手,心疼道:"你痛啊!"苏秦安慰道:"我不痛。"张仪不信,哭得更伤心。苏秦道:"你要是掉下去了,我的心才痛呢!手痛找点草药敷上就行了,心痛没药能治!"这句话果然奏效,张仪不哭了,望着苏秦道:"仁兄,这世上有你,我就不孤单。"（当时的情形消失。）

苏秦将张仪周身上下细细地打量了一遍问："余子别来无恙？"

张仪气极，也不答话。

苏秦又道："公事繁忙，让你久待。先随便吃点，有话饭后再说。"

左右在下处替张仪设座。侍女们上菜，张仪面前尽是粗粝之食，苏秦和其他宾客面前却珍肴满案。苏秦和别人对饮，全然不顾张仪。张仪再也忍不住，掀桌骂道："只道他人妒贤嫉能，只有你我真心相待，不想你才做得几天高官，就如此骄奢淫逸。季子，你还记得先生之教吗？"

苏秦道："妒贤嫉能也不无道理，贤者用自己废，贤者贵自己贱。以你的才干，落到今天这般地步，岂能怪别人？我自然可以推荐，只怕你志衰才退，不能有所作为。"

张仪冷笑道："大丈夫自有前程，何赖你推荐？"

苏秦颔首道："既如此，何必来访？念往日交情，助你黄金十两，请自便。"

书童取金于张仪，张仪掷金于地，又拿出袖中苏秦送他的蓝色衣带，一并弃之道："从今以后，你我势不两立！"说完一路惨笑而去。

张仪一走，苏秦即向在座宾客拱手道："各位请慢用。下官有点不适，恕不奉陪。"

苏秦疾步上楼临窗，避在暗中噙泪目送张仪。张仪的背影消失，苏秦仍然站在那里。也不知过了多久，书童进来："相爷，客人都走了。"

苏秦："童儿，找个干净的匣子，将那人弃下的衣带替我收好。"

书童奉上一个匣子道："小人早已替相爷收藏好了。"见主人不转身，便将匣子放在案上退下。

苏秦这才怔怔地转过身来，从匣中取出衣带，对着张仪丢弃的蓝色衣带，竟是一夜未眠。谯楼打过四更，书童又推门进来："相爷，天都快亮了。"

31

夏晨，邯郸客栈

客栈中，张仪也辗转难寐。一早起身，收拾行李要走，店主道："你是相府贵客，你这一走，相府怪罪下来，叫小人如何担待得起？"正说着，毕成走进来问："张先生可曾见到苏相国？"

张仪道："休要再提那无情无义的畜生！"

毕成："张先生出言太重，何故如此发怒？"见张仪不愿说，便道："相国位高权重，倨傲不礼也可想见。只是先生今日不遇，却是小人多嘴所致，小人当替先生偿还店里的欠账。店家，拿好酒来。"店主走后，毕成又道："小人要去秦国做买卖，先生做何打算？"

张仪道："我也想去秦国，只恨没有盘缠。"

毕成："先生想去秦国，莫非秦国也有先生的同学故友吗？"

张仪："非也。七国之中数秦国最强，幸能用事，可报苏秦羞辱之仇。"

毕成："先生想去他国,小人不敢奉承,若是想去秦国,小人可以相助。如能赏光,依然与先生同车,彼此有伴,岂不快活。"

张仪叹道："先生义举,当令苏秦愧煞也!"

32

秦都咸阳公孙府

（银屏右上角出现字幕：秦国）

毕成携张仪与厚礼踏进秦相公孙衍府邸。

公孙衍迎之于堂上："贵商这次来本国，生意如何？"

毕成道："承蒙相爷关照，生意顺手。今日特备薄礼，略表谢意，请相爷笑纳。"说着便呈上礼盒小心打开，盒内毫光四射，一颗硕大的珍珠镶嵌在一顶玲珑剔透的紫金冠上。

公孙衍一见，喜形于色道："此物价值连城，贵商有何为难之事？"

毕成看了看张仪道："小人自幼父母双亡，只有一个兄弟，从小寄养在魏国亲戚家中，如今长大成人，整日闲荡，甚是让人担心。倘若丞相能在大王面前替他保举个一官半职，小人将感激不尽。"

公孙衍看了看张仪，笑道："宫里正缺个钱库管事，他能行吗？"

毕成大喜："商贾出身，岂有不会理财的？"即对张仪说："还不赶快谢过丞相！"

33

秦　宫

公孙衍带张仪进宫见秦惠王："大王，张仪来见。"

张仪谒见秦惠王："臣张仪叩见大王。"

秦惠王见张仪脸黑不喜："丞相推荐你为钱库管事。这官职不大，但凡有半点差错，便会有杀身之祸，我看你还是回家做生意的好。"

张仪问："苏秦在赵国为相，大王知否？"

公孙衍皱了皱眉，秦惠王却道："苏秦仪表非凡，谈吐从容，措辞慎重，倒是个难得的外交人才。"

张仪："臣与苏秦师承一脉，苏秦之谋，臣皆了如指掌。"

公孙衍闻言大吃一惊，秦惠王却立刻起身相问："先生博学多才，何以教寡人？"

张仪道："秦国迫使魏国迁都，扩地七百余里，然而兵甲劳顿，国库空虚，田地荒芜，四邻诸侯不服，欲称霸天下而不能，大王可知其中的原因吗？"

秦惠王:"寡人不知,愿领教。"

张仪道:"昔日齐桓公称霸,五战定局,只要其中一战不胜,便可国破家亡。所以王者的决策乃系国家之兴亡,岂能只知用兵不问用计耳?"

秦惠王:"愿闻先生的良计妙策。"

张仪又问:"苏秦将合纵抗秦,大王知否?"

秦惠王:"合纵又如何?"

张仪:"六国结盟,遏制强秦,使秦国不能再向东扩张。"

秦惠王:"亲兄弟同父母尚且为争钱财夺地位而互相欺骗,何况国与国之间,合纵行不通明也。"

张仪:"臣闻有一伙官兵去追一伙盗贼,追上之际,正值盗贼因分赃不匀而互相残杀。官兵围住了盗贼,不料盗贼皆转过枪来合力抵抗以求生存,结果官兵大败。如今秦与六国,犹如官兵之与盗贼,一旦苏秦向各国陈说利害,秦国危也。"

秦惠王问:"陈说什么利害?"

张仪:"只有秦能统一中国。"

秦惠王:"你这见解倒与当年苏秦说的一样。那先生以为,当如何破纵?"

张仪:"易也,彼合纵我连横。"

秦惠王："如何连横？"

张仪道："以弱事强，秦国称霸，远交近攻，瓦解六国，各个击破，最后一统华夏。"

秦惠王："看来先生确实不能管理钱库，大材小用也。愿拜先生为客卿，为我连横。"

34

咸阳张府

张仪封客卿住官邸,毕成前来辞行:"在下一来贺君高就,二来辞君归赵。"

张仪不舍:"仪本一介寒士,身无长物,险些送命。赖先生之力,方能显用于秦,未曾报恩,何能言去!"

毕成笑道:"知君者非毕成,知君者乃苏相国也。"

张仪大惊:"先生助我,何言苏秦?"

毕成道:"相君说服赵王倡合纵之议,赵王怕秦王发兵攻赵。相君思想,能使秦不攻赵者唯有先生,所以遣臣至楚,将先生找来,又故意怠慢。先生果然萌游秦之意,相君便以千金付臣,吩咐打点秦相公孙衍,务必使先生执掌秦国大权而后已。如今先生已摄重位,臣请归报相君。"

张仪:"我在苏秦掌控之中而不悟,我和苏秦相差太远了。"

毕成:"相君却说张先生乃天下贤士,将来能成大功者非先生莫属。"

张仪愕然良久，恍然大悟："烦先生多谢苏君玉成之德。请转告，就说苏君在赵，秦国决不会攻赵。"

35

邯郸苏府

（银屏右上角出现字幕：赵国）

毕成归报苏秦："……张先生说，只要相君在赵，秦国决不会攻赵。"

苏秦折一膝谢道："先生成我大事，请受苏秦一拜！"

四 合纵连横

36

赵　宫

苏秦往见赵肃侯:"张仪已在秦国用事,臣请出使齐、魏、韩、楚,议成合纵。"

赵肃侯:"寡人予你驷车百乘、黄金千镒、白璧百双、锦缎千匹,与诸侯结盟。"

37

❀

日，齐宫

（银屏右上角出现字幕：齐国）

齐宣王（人物下方有字：齐宣王）坐殿。大殿之上文武济济衣冠楚楚，苏秦说齐宣王道："臣闻临淄之途，车毂击，人肩摩，连衽成帷，举袂成幕，挥汗成雨。临淄之富，其民无不吹竽鼓瑟，弹琴击筑。以大王之贤，齐国之富，却西面侍奉牧马之秦。韩魏之所以怕秦，是与秦国接壤，秦攻打贵国却要越韩魏之地，过卫阳晋之道，经亢父之险，即使深入也怕三晋断其后路，秦对齐是无可奈何。大王不察其无奈，却因其威胁恫吓而事之，养成虎狼为己之患，臣窃以为不可取。"

齐宣王连连颔首："寡人愿从赵王之约，加盟合纵，遏制强秦。"

38

日，魏宫

（银屏右上角出现字幕：魏国）

魏襄王（人物下方有字：魏襄王）殿上多通秦者，百官交头接耳眉来眼去。苏秦说魏襄王道："魏本天下强国，平原肥沃，人口稠密，车马兵甲之盛举世无双，然而反有秦患，被迫迁都，步步东徙。这是因贵国乃秦国向东扩张之屏障也，秦垂涎贵国西河之地已久，一旦黄河天险在秦掌握，犹如猛虎添翼，势不可挡，到了那个时候，就没有任何天堑可以抵御秦国。大王不察其中利害，却听信佞臣之言，一再割地事秦。凡言事秦者，乃破公家以肥私门，外挟强秦之势内劫其主，偷取一时之安而不顾其后也。"

魏襄王按剑仰天长叹："寡人愿从赵王之约，合纵抗秦！"

39

日,韩宫

(银屏右上角出现字幕:韩国)

韩宣惠王(人物下方有字:韩宣惠王)和苏秦坐席,令戴镣奴隶歌舞。苏秦说韩宣惠王道:"韩北有巩洛成皋之固,西有宜阳商阪之塞,东有宛穰洧水,南有陉山,士兵善射勇斗,天下闻名。以此基业,束手就缚,任人宰割,秦欲无穷,韩地九百里不也易尽吗?"

那韩王生得豹眼虎须七尺有余,闻言勃然起身,拔剑砍断案角道:"寡人若事秦,有如此案!"又向苏秦躬身施礼:"寡人愿从赵王之约,加盟合纵抗秦!"

40

日,楚郢都城外

（银屏右上角出现字幕：楚国）

楚威王（人物下方有字：楚威王）败齐回师,邀苏秦同乘车上。苏秦面对千军万马说楚威王道:"楚兵甲数百万,地方五千里,能与楚国匹敌者唯有秦国。秦强楚弱,楚强秦弱,势不两立。今天下布局,非纵则横,合纵诸侯事楚,连横诸侯事秦……"

楚威王打断其言,执其手道:"寡人之地与秦国接壤,秦早有吞巴蜀并汉中之意,寡人自料不能胜秦,整日食不甘味,寝不安枕,心摇摇如悬旌。今日喜闻赵王倡合纵,联六国抗秦,实乃天下之福音也。寡人愿从赵王之约!"

41

日，周洹水之滨

（银屏右上角出现字幕：周洹水之滨）

两千三百多年前的洹水，白浪滔天，岸边旌旗蔽日。祭坛上设大型青铜香炉，祭坛前白马悲鸣。祭坛对面筑有高台，台上置六张案几，六国君主按序而坐。苏秦身披华贵的黑色貂氅，手捧约书拾级而上，那黑貂大氅与整个吉日气氛极不相称。

苏秦宣读约书："秦据咸阳之险，蚕食列国，今山东诸君会于洹水之滨，刑牲歃血，誓于神明，结为兄弟。秦攻楚，齐魏出兵援救，韩断秦粮道，赵燕作后援；秦攻韩魏，楚攻秦军后路，齐出兵助楚，赵燕作后援；秦攻齐，楚攻秦军后路，韩守成皋，魏阻秦道路，燕出兵救齐，赵作后援；秦攻燕，赵守常山，楚屯武关，齐渡渤海助燕，韩魏作后援；秦攻赵，韩守宜阳，楚军武关，魏屯黄河南岸，齐涉清河助赵，燕作后援。一国背盟，五国共同讨伐。"

礼仪者端上一个紫铜大盘，盘内摆着刚取下的马首和一钵马血。那钵也是紫铜铸的，有槽口。礼仪者为列王摆樽、斟酒、兑血。

六国君主一同站起饮血酒，离座叩拜神灵。仪式完毕回到座中，赵肃侯道："赵武安君苏秦创合纵，联六国遏制强秦，以势力均衡之策安定天下。经六国君主合议，封苏秦为纵约长，执掌六国相印，使其能往来于六国之间，坚固合纵之约。"

礼仪者端上一枚纯金的六国相印。这相印三寸见方，厚一寸，由六个同样大小的长方形相印天衣无缝地拼成一体，放在巧夺天工的檀木印座上。礼仪者将印奉于赵肃侯，肃侯赐印于苏秦。面对连玺，苏秦仿佛一尊凝聚着智慧和悲哀的完美石像。礼仪者宣："赵武安君苏秦接印！"苏秦不动，礼仪者不得不小声提醒："苏相国，您怎么了？快接印啊！"

苏秦一惊，跪下接印。

42

日，周洛阳城外

周显王（人物下方有字：周显王）率文武百官在城外设帐迎候苏秦。金沙铺地，彩楼争艳，"一人封相四海升平"之金匾显得格外耀眼。打着六国旗帜的车骑仪仗缓缓开来，百姓观者数以万计，将道路两边围得水泄不通。

画外音："公元前333年，苏秦合纵成功后归赵，六国遣使相送，车骑仪仗之盛空前绝后。苏秦取道洛阳，昔日嫌其出身寒微不用的周天子率文武百官在城外设帐迎候。"

43

日,周洛阳轩里庄外大路

而苏秦却弃了仪仗,轻车便服来到轩里庄。清一色的土窑中矗立着几幢黑瓦粉墙的楼房,骑马的府吏对车上的苏秦说:"这是周天子让地方官替相爷新修的路和新造的住宅。"

轩里庄的男女老幼倾巢而出,苏秦的家人也在其中。寡嫂蓬头垢面,衣衫不整,头顶香炉,三步一拜、五步一叩地来到苏秦车前。

苏秦皱眉问:"嫂嫂一向傲慢,今又何恭之过也?"

寡嫂以面掩地谢罪:"叔叔位高金多,不敢不敬。"

苏秦喟然叹曰:"世态炎凉竟至于此!这一人之身,贫贱时任意对待,富贵了就顶礼膜拜,亲人尚如此,何况众人!"

一言说得寡嫂伏地不敢起身,众亲友乡邻不敢正视,父母挂杖羞于近前。苏妻手里紧紧地拽着一个四五岁酷似苏秦幼年模样的小女孩。小女孩忽闪着明亮的双眸,惊奇地看着自己从未见过面的父亲,苏秦也正仔细地注视着这个小女孩。

人情的冷暖使苏秦格外思念燕郊的齐仁,于是下车扶起寡嫂,和父母见礼:"孩儿公务在身,途经洛阳,见爹娘身体安康,已无牵挂。诸侯所赐,孩儿会遣人送来,除去家用,可拨一千两黄金以助乡邻。"说完黯然转身上车。

车马待发,苏妻对小女孩说:"去叫声爹。"苏女娇声喊着爹扑到车前。

四周顿时安静下来,苏秦怜爱地将女儿抱上车,打量着她问:"你叫什么名字?"

小女孩道:"我小名叫玉儿,大名叫苏玉。"

苏秦心里一颤,马上转过脸去,以手遮眼,泪如雨下。小女孩摆正父亲的脸,掰开父亲的手:"爹莫哭。"苏秦道:"爹没哭,是风沙迷了眼。好孩子,下车去吧,爹还要去燕国看一个叔叔,天黑就不能赶路了。"说完示意手下抱走女儿。随从的手刚碰到小女孩,孩子突然想出一个理由:"爹走不得!"苏秦问:"为何?"苏女道:"如今是爹富贵我们贫贱,爹一走不也是任意对待贫贱的人吗?"苏秦一时语塞,要走于理不周,想留下话已出口。被女儿生拉硬拽下了车,于是走到父母面前跪下:"请爹娘恕孩儿不孝之罪!"

苏母连忙扶起儿子:"那就回家看看?"

苏秦:"是。"

44

日，易水边齐仁家

（银屏右上角出现字幕：燕国）

轻骑数匹，踏破山村的寂静，苏秦便服至易水边上探望齐仁。叩门不开，村人告曰："齐仁上山砍柴去了。"

村中长者率众出迎："已经遣人去叫齐仁，少时就来。请相国到寒舍暂歇一时。"

苏秦诧异："老伯焉知苏秦为相？"

长者道："此地虽然偏僻，却有不少文人雅士前来观赏景色。先生六国封相，天下太平，万民敬仰，已成佳话。况且那年村前拦驾，大王下车见礼，又谁人不知，哪个不晓。"

话音刚落，村童来告："齐仁哥不肯回来。"

长者："这孩子不懂事，我让别人去叫。"

苏秦："还是我自己去。"

苏秦摒去随从，不顾一路奔波劳累，上山寻找齐仁。齐仁暗中追随，心道："你乃六国之相，还有许多大事要做，俺是齐国逃犯,岂能连累于你。"苏秦呼唤着齐仁,满山找遍,汗流浃背,泣道:"也许我不该来,我们是不该见面的。"苏秦的眼泪滴在齐仁心上,他目不转睛地看着苏秦,却还是不出去相见。

苏秦擦干眼泪回到村里,怅然上马而去。又想起什么,吩咐书童:"取一百两黄金,由老人家分赏众人。"

书童心里嘀咕:"跟他鞍前马后跑了一程,倒是让那些挨不上边的人得了赏赐。"于是骑马回去,给了长者一个包袱,也不交代清楚,掉头便走。

长者打开包袱,见是一百两黄金,以为是让其转交齐仁的,颔首道:"贷之百钱,报之百金,齐仁交好运了。"

苏秦走后,齐仁回到家中,长者送来百金:"这是苏相国留给你的一百两黄金。落难时得人百钱相助,富贵了以百金回报,也是美事一桩。"

齐仁闻言却如坠冰窟,冷冷道:"有钱人的情义是用金钱来计算的,苏秦也不例外。"

45

夜，燕内宫

燕文公年老体衰，文夫人侍寝。这个与众不同的女人，眉宇之间写着睿智和哀愁，曳地的长裙，叮当的佩饰，尽显出她的尊贵与妩媚。

燕文公为夫人卸妆："夫人的眼力不错，苏秦果然是旷世奇才。"

文夫人："妾不敏，不知大王在说些什么。"

燕文公："就是那个在郊外拦驾的苏秦，如今说服了六国诸侯，一人佩了六国的相印。那日夫人嫣然一笑，寡人就看出了你的心事。"

文夫人："妾连那人的长相也未看清。那天，大王一时要杖毙，一时又下车见礼，妾笑大王喜怒无常，大王多疑了。"

燕文公将夫人拥入帐中："你嫌寡人老了，但你想得到苏秦之爱是不可能的。"

罗帐垂下，文夫人痛楚的呻吟变成了绝望的哀号，当其感到像从没顶的狂涛中解脱时,纵欲过度的燕文公已经猝死于床上。

46

日，秦宫

（银屏右上角出现字幕：秦国）

秦惠王闻六国合纵，大怒："六国结盟，以赵为首，寡人要发兵攻赵，以示警告！"

寒泉子道："六国初合，诸侯相亲，我国虽强，难以敌众。臣以为当请客卿张仪出使列国，先与各国缓和关系，然后再议攻赵之事。"

秦惠王问张仪："爱卿以为可以发兵攻赵否？"

张仪道："大王如果马上攻赵，不利有三：一浪费粮草，二疲于奔命，三正如寒大夫所言寡不敌众。臣以为，燕文公刚去世，秦燕有儿女之亲，大王的爱婿马上就要登上王位，何不遣人前往吊唁，以疑各国之心？然后大王可以许魏还襄陵一带，与魏和好，秦魏和睦，合纵便名存实亡。等到六国离心，大王再以重金收买齐魏权臣，使齐魏攻赵。魏贪襄陵七城，而齐攻秦无益，攻赵却能扩地。待齐魏攻赵，大王就以出兵助齐魏要挟，迫使赵王让苏秦离赵。苏秦离赵，合纵自解，何须我费一兵一卒攻赵耳？"

秦惠王道："寡人听子。"

47

&

日,邯郸城下

(银屏右上角出现字幕:赵国)

齐魏突然发兵攻赵,赵都邯郸兵临城下。

画外音:"公元前332年,六国合纵不到一年,秦惠王用张仪之计,使齐魏攻赵。"

48

日,赵宫

去楚韩燕三国求援的使臣急报赵肃侯。

使燕者报:"燕文公新逝,燕举国居丧,不能出兵助赵!"

使韩者报:"秦国屯兵韩境,韩自顾不暇,也不能出兵助赵!"

使楚者报:"楚连年大涝,民无果腹之粮,军无充饷之银,实在无力出兵助赵!"

赵相公子成又匆匆上殿道:"秦王遣使来告,如果不让苏秦离赵,秦国将出兵助齐魏攻赵!"

宫吏悄悄谓赵肃侯:"苏相国正在殿外等候。"

赵肃侯抬头望去,见苏秦手捧连玺站在殿外,便不等其上前参拜,大声责道:"卿创合纵不到一年,齐魏毁约攻我,而无一国肯救,请问这合纵之约还有何用?"

苏秦从容趋前道:"可叹世间权贵卖国求荣,君主贪功利而失远谋,却不知鹬蚌相争、渔翁得利,唇亡齿寒、利害攸关。合纵不成,六国亡也!"

赵肃侯走到苏秦面前吼道:"可如今我腹背受敌,倘若再有秦兵压境,赵国亡也!"

苏秦内心独白:"贤弟,我知道这是你在要我离开赵国。我这就顺势而为,离赵散纵,助你连横成功。"于是胸有成竹奉还连玺道:"大王可借河水退齐魏之兵。臣奉还六国相印,离开赵国,秦国就不会出兵助齐魏攻赵。秦所垂涎者莫过于魏。臣离赵,合纵即解,合纵一解,不出年内,魏国必然自食其果。齐燕各怀吞并之心,燕文公刚去世,臣可为赵吊唁文公,使燕赵和睦。燕赵和睦,对齐谋燕不利,齐国也将后悔今日毁约攻赵。"

49

日,燕宫

(银屏右上角出现字幕:燕国)

身材高大肥硕的燕相子之(人物下方有字:燕相子之)谓年轻的燕易王(人物下方有字:燕文公逝,太子即位,称燕易王):"先王相信苏秦的势力均衡之说,如今合纵不到一年,齐魏攻赵,看来这合纵之约是无用的了。燕国要自保,还是那句老话,只有吞并齐国,才能和秦国抗衡。"

燕易王:"可明摆着齐强燕弱,攻齐犹如以卵击石。"

子之:"此事必须找人到齐国做内应,先乱其朝纲,空其国库,再伺机图之。"

正说着,边关报急:"赵决河水退齐魏之兵,齐伐赵无功,趁我居丧取我十城!"

燕易王闻讯大惊失色,跌坐椅上。

宫吏又报:"苏相国前来吊唁先王。"

燕易王道:"寡人正要找他,请灵堂相见!"

50

日，燕文公灵堂

文夫人正在为燕文公守灵，内侍来报："大王和苏相国即刻就到，请太后回避。"

帷幕设两层，一层白幔，一层珠帘。文夫人想看能使文公生疑之人究竟有何异相，便吩咐内侍王伦："放下珠帘便可。"

燕易王先到，灵堂之上顿时气氛肃杀。苏秦至，一见文公灵位就要拜祭。燕易王拦住道："先生还有脸来见我父王吗？昔日若非先王资助先生去赵国，先生岂能六国封相？如今先王尸骨未寒，齐伐赵无功，又趁我居丧取我十城，合纵未到一年，齐魏攻赵，齐又取燕十城。先生创合纵不为天下笑吗？"

苏秦道："臣可为大王取回十城。"

燕易王问："要多少人马？"

苏秦道："不用人马。"

燕易王:"要多少黄金?"

苏秦:"不用黄金。"

燕易王:"难道齐国能白白地送还我十城吗?"

苏秦:"臣无咫尺之功,先王迎臣于郊,显臣于赵王之前,臣愿说齐王还燕十城,以报先王知遇之恩。"

苏秦原本仪容俊逸谈吐稳健,此时一袭缟素神情忧郁,益发显得风流蕴藉。帘后的文夫人见了意乱情迷,方知被文公说对。

51

日,齐宫

(银屏右上角出现字幕:齐国)

苏秦至齐见齐宣王。有人将其来意告诉了宣王,宣王听后冷笑道:"听说相君是来替燕国充当说客的。寡人愿有言在先,相君就是说烂了三寸之舌,也休想使寡人还燕十城。"

苏秦欠身道:"臣知大王取燕十城,特来道贺。"

齐宣王:"如此说来是寡人错怪了相君。"

苏秦道:"臣言未尽。"

齐宣王:"请讲。"

苏秦:"臣闻贵国渤海之滨有个打鱼的人,因捕获的鱼太大而翻了船,结果是鱼未得到反而赔上了自己的性命。大王为十城而丧一国,无异于渔夫为大鱼而丧命也。"

齐宣王起身按剑而退:"俯仰之间,一时庆贺,一时悼亡,变化未免太快了吧!"

齐宣王子太子遂(人物下方有字:齐太子遂,后称齐滑王）在旁替苏秦捏了把汗；与苏秦一同使齐者皆吓得匍匐在地。

苏秦不动声色道："请大王容臣把话说完，然后裁其罪。"

齐宣王拔剑出鞘道："讲！"

苏秦道："中原强国莫过于秦和楚赵。大王背约攻赵，已与楚赵失和，又取燕十城结怨于燕。燕虽弱小，新王却是强秦之爱婿也，大王得燕十城，不但燕怨齐，秦也怨齐，所以大王是得十城而招天下之强兵，国家将无宁日也。臣言已尽，请大王治罪。"

齐宣王被苏秦一言提醒，半晌方道："寡人虑事不周，相君以为此事如何挽回？"

苏秦道："臣不敢讲。"

齐宣王收剑入鞘："但讲无妨。"

苏秦："大王不如还燕十城。秦知大王为己之故还燕十城自然领情，燕复得十城必然感恩。大王弃强仇而结厚交，轻十城而重天下，才是霸主之道。"

齐宣王："那就请相君奉十城还燕，从中斡旋。"说完便问那些与苏秦同去者："你们趴在地上干什么？"

与苏秦一同使齐者狼狈不堪地从地上爬起，太子遂纵声大笑。苏秦看太子，太子连忙躬身施礼："齐太子田遂拜见苏相国！"

52

日,燕宫

(银屏右上角出现字幕:燕国)

与苏秦一同使齐者归报燕易王:"大王,苏相国说齐还燕十城就要抵京。"

燕易王大喜:"世言苏秦之舌能偃四海风波,果然名不虚传。"

同去者怕苏秦说出他们在齐王面前的狼狈相,便诋毁道:"苏相国之舌虽然能偃四海风波,却也能起九州干戈。"

燕易王问:"此话怎讲?"

同去者道:"苏相国对齐王说,燕弱小,王者愚腐,不足道也,然大王乃强秦之少婿,得燕十城必然招秦国之强兵,所以不如还燕十城厚结强秦,齐秦相亲,燕地唾手可得,齐王这才还我十城。身为六国之相,竟然以秦权说齐,大王乃将千乘之国托付给了一个左右卖国的小人也。"

燕易王年轻自负,最听不得有人说他愚腐,切齿问:"此话当真?"

同去者皆道:"臣等岂敢说半句假话。"

燕易王:"待苏秦回京,寡人定要当众羞辱于他。"

53

日，燕宫前门

苏秦回燕，车至宫门，书童来告："回相爷，守门的卫士说，大王有令，相国不得入宫门。"苏秦道："那就先去驿馆。"书童又告："卫士还说，大王已下令，京都任何驿馆客栈均不得让相国住宿。"

苏秦闻言，默然片时，下车脱去紫袍就便而坐。围观者越来越多，有个教书先生让他的学生们念了首童谣："相约洹水誓神明，唇齿相依骨肉亲。贤人在而天下服，一人用而天下从。六国合纵关相通，何难协力灭强秦。"

宫楼上，燕易王见声名显赫的六国相布衣坐在宫门前给自己难堪，正要离开，侍从报："太后驾到。"

年仅弱冠的燕易王对这位比自己大五六岁的后母十分恭敬："母后到此有何教诲？"

文夫人道："苏相国为你收回十城，理当重谢，为何反让他受辱于宫门之外？"

燕易王:"身为六国之相,却以秦权说齐,还说燕国弱小,王者愚腐,所以孩儿想羞辱他一下。"

文夫人道:"苏秦使齐,左右安排的都是大王的人,即便有些微词也不会当着他们言讲。何况他是六国之相先王之臣,就是有欠妥之处,别人为你收回了十座城池,也该以礼相待,岂可不问情由,只听一面之词,而让他困于街头?"

燕易王思之有理,遂令宫吏:"宣苏秦上殿。"

54

日，燕宫

苏秦布衣殿见燕易王。朝中百官面面相觑，燕相子之也在其中冷眼旁观。

苏秦向燕易王呈上齐王书信："齐王因手下错取了燕国十城，令臣奉十城还燕，希望两国能消除误会，重修和好。"

燕易王不接书信，作色道："不知先生如何说齐还我十城？"

苏秦："臣以秦权说齐还燕十城。"

燕易王："昔日先生以合纵说六国，今又以秦权说齐，出尔反尔，也许不知世上有忠信二字。"

苏秦道："臣之不信乃足下之福也。臣离赵，合纵已解，不借秦国的权势岂能使齐白白还燕十城？"易王不能答，苏秦又道："臣知世上忠信有两种，一种乃自为者，一种是进取者。自为者明哲保身，虽有尧舜之德不足道也；进取者则不畏身败名裂……"说到此,这位口若悬河的外交家略微打了个顿,"而独能为人主谋利益。大王责臣反复无信,必有人在大王面前进谗言伤害于臣。且使臣孝如曾参,廉如伯夷,信如尾生,大王以为如何?"

燕易王:"有臣如此足矣。"

苏秦道:"臣如此也不事于足下也。"

燕易王问:"此话怎讲?"

苏秦道:"孝如曾参,义不离亲一宿于外,大王怎能使之弃老母于东周而事危险的君主?廉如伯夷,饿死不食周粟,大王怎能使之弃本国而至遥远的燕邦?信如尾生,与女子期于桥下,女子不来,水至不去,抱柱而死,大王又怎能使之权宜行事,以秦权说齐白白地还燕十城?臣之志趣与大王不同,足下乃自为之君,仆者乃进取之臣也。"

燕易王:"无论进取还是自为,只要忠信,何罪之有?"

苏秦道:"臣的邻居中有一位出远门做生意的人,他妻子与人私通。丈夫回家,妻使妾举药酒敬丈夫。妾想说酒中有毒,则怕赶出主母;想不说,又怕害死主父。于是佯装失手而弃酒,上存主父,下存主母,然不免受鞭笞,蒙恶声。臣事于六国,不幸于此妾相类似。"

燕易王接过齐王书信,缓色道:"寡人鲁莽,相君勿怪。"

55

日，燕山下驿馆

燕京最豪华的驿馆前来了一主一仆两个衣着讲究风流倜傥的年轻人。那主子身材姣好容貌俏丽，正是女扮男装的文夫人。那仆者名唤王伦，原是燕文公的近侍，文公死后，成了文夫人的贴身太监。二人进了驿馆，馆主见了王伦连忙出迎："公公到此有何吩咐？"王伦和馆主耳语了几句，馆主立刻领二人进一上等客房，移开墙上一扇暗门，随即退下。主仆二人进了密室，关上门，王伦谓文夫人："此密室一扇门通卧房，一扇门通暗道。与卧房相通之处有机关，能窥视窃听卧房内的一切动静。"

苏秦被安排在此下榻，馆主领着苏秦和小童进了该客房后躬身退下。书童谓苏秦："相爷喜欢遛马，这驿馆四周都是遛马的好去处。"正说着，一名小厮进来奉茶，苏秦一见那小厮随即吩咐书童："你先退下，没有我的吩咐，任何人不得进来！"

书童应诺退下后，苏秦对着那小厮惊讶地喊了声："贤弟！你怎么到的此地？"

那小厮喊了声："仁兄！"便抱着苏秦失声痛哭。

苏秦压低声音追问："你怎么到的此地？"

张仪也压低了声音："小弟闻仁兄离赵至燕，便告假追寻至此，又买通了馆主，扮成侍从来见仁兄一面。"

苏秦："你我相见被人知道，将人头落地，前功尽弃！"

张仪："我们只说几句话，我马上就离开。我们说好携手助秦少用兵而统一中国的，你想变卦？"

苏秦："没有变卦，秦惠王诛杀商鞅不用游说之士，我只好先说六国合纵，再暗荐你去秦国破纵连横。"

张仪："你如今已经离开赵国，我们还是可以携手助秦的。我这次来，就为和你商议此事。"

苏秦："我朝秦暮楚，公孙衍那些人岂肯放过。倘若因我之故而使秦王见疑于你，那还不如让我死了的好。我们只能相反相成携手助秦了。破纵还须合纵之人，我以秦权说齐还燕十城，你可以毁我声誉以成连横。"

张仪："你不愿和我一起去秦就功成身退，我不用毁你声誉也可以连横成功。我们一定能早酬壮志，早日聚首的！"

苏秦："贤弟，我问你，何为至爱？"

张仪：“能九死也不悔。”

苏秦：“何为至诚？”

张仪：“能毁誉而无言。”

苏秦：“何为至智？”

张仪：“能见事于未萌。”

苏秦拿出张仪弃下的蓝色衣带，含泪为其系好："你记住，你成功就是我成功，就是我们成功！你不宜久留。自己保重，别让我挂心……"

二人泪流满面，紧紧相拥。

密室中的文夫人闻言吃惊不小，转身去看王伦。幸好王伦知趣，站得远远的，什么都不知道。

56

日，燕宫

燕相子之谓燕易王："苏秦离赵，合纵已解。大王无论如何一定要将苏秦留在燕国，此人的口才实在了得，颠覆齐国，非他不可。"

燕易王："苏秦自创合纵之说，岂肯为燕仕齐自毁其说？"

子之道："他既然能以秦权说齐，又何尝不能为燕仕齐？只要大王先设法将他留在燕国，再对他施以重恩，时间一长，不怕他不为大王效命。"

57

日，燕山下驿馆

苏秦自见张仪后便病倒了。这日侍女正在外室煎药，院里报："燕王驾到！"燕易王进来，退去众人，书童从内室出来跪下："禀报大王，我家相爷遛马去了。"燕易王看了看炉上冒着热气的药罐，径自进了内室。

苏秦只得上前迎驾，燕易王抢上前拦住："相君不必多礼。相君身体欠佳，恐怕就是那日受的风寒，相君为寡人白白地要回了十座城池，反遭如此委屈，都怪寡人年少不明事理，今日特来给相君赔罪。"

苏秦："君为臣纲，哪有赔罪之理。臣乃自取其辱，岂敢怨得大王。"

燕易王："倘若相君果然不计前嫌，就请相君看在先王面上，留在燕国辅佐寡人。"

苏秦："臣常年在外，思乡心切，实在难从大王之请。"

燕易王双膝跪下道："相君不允，寡人就不起身！"

臣受君礼，如临深渊。

苏秦耳边响起鬼谷子的话："破纵还须合纵之人。苏秦不死，张仪不成也！"于是扶起燕易王："大王不必如此，臣遵命便是。"

58

日，燕宫

苏秦病愈，燕易王为其设宴，席间使长姣美女吹弹歌舞。燕易王道："寡人为相君精心挑选了这些美人儿，个个花容月貌，技艺精湛，都送与相君为妾。"

苏秦道："家有糟糠，无意纳妾，大王好意臣心领了。"

燕易王道："相君果然是重情义的人。寡人今日要给你一个惊喜，你看看是谁来了！"

舞者退去，苏秦的弟弟苏代、苏厉陪同苏秦的妻女进来向苏秦下拜。苏秦一惊，爱女已经扑进他的怀里，娇声喊着爹。

59

秋夕,燕山南麓

雄伟的燕山前划划平原,黄叶盖地,晚照旖旎。苏秦因知易王用意,担心连累妻女,不胜忧虑,独自黑衣黑马金络脑走马消愁。天上飞过一只失群的孤雁,叫声令人心碎。苏秦仰脸望那雁儿,突然身后疾风骤起,转眼之间,一人白衣白马银络脑,风驰电掣般地出现在他面前。白衣者开弓搭箭,苏秦急忙制止:"住手!"

白衣者正是女扮男装的文夫人,款款放下弓箭问:"为什么?"

苏秦道:"这雁儿受了伤,天高,风寒,孤独,你就没有一点怜悯之心?"

文夫人婉然一笑,走马靠拢。

苏秦敏锐的目光打量着对方:"看你貌似婵娟,体态婀娜,倒有一身好骑术。"

文夫人道:"看你身材挺拔,仪表堂堂,却能尽取笑挖苦之能事。"

苏秦："取笑挖苦不敢，能否请教尊姓大名？"

文夫人："在下贾明，敢问先生大名？"

苏秦："在下秦臻，得会先生，不胜荣幸。"

文夫人："好一个秦臻，你见过困坐宫前的苏秦吗？"

苏秦知对方认出了自己："看来先生见过？"

文夫人："要是我见过的话，倒有一言奉告那苏秦。"

苏秦问："何言？"

文夫人道："你又不是苏秦，问他作甚？不过，告诉你也不打紧，像他那种人，罪该悬首国门，罚坐街头算是幸运的。"

苏秦："那苏秦与先生有何宿怨？"

文夫人："宿怨倒是没有。只是那苏秦能知天下形势，却不知自己暗荐于敌国的张仪能破纵连横。"

苏秦一惊："先生开口合纵，闭口连横，能否请教何为合纵，何为连横？"

文夫人笑道："合纵犹如驱群羊而攻猛虎，连横犹如事猛虎而攻群羊。"

苏秦心中诧异："不想此人竟能道出有关纵横如此精辟的见解。"嘴上却道："你竟敢长犬戎之志？"

文夫人道："不过远不如那苏秦胆大。齐魏攻赵，身为六国之相，不说赵王坚守合纵，不说齐魏退兵，不说楚韩燕救赵，反倒离赵散纵，以秦权说齐还燕十城。"

苏秦："不知先生还有什么惊人之语？"

文夫人："惊人之语倒是没有，只是有点不明白的地方想请教先生。众所周知，苏秦以兼并之策说秦王，十万言上书秦王不用，才说六国合纵抗秦。听说秦王不用苏秦后来非常后悔，不知那苏秦悔也不悔？"

苏秦锐利的目光在文夫人的脸上逗留了片刻："要是苏秦不合纵抗秦，秦王连他的姓名也不会记住。"

文夫人："原来如此。所以那苏秦本想助秦统一中国，结果只能相反相成，先说六国合纵，再暗荐张仪去秦破纵连横。"

苏秦被对方一语道破天机，这一惊非同小可，竟差点从马上跌下。文夫人纵马上前扶住，苏秦掩饰道："偶感风寒，有点不适。"

文夫人一语双关道："先生的病是冒了天下之大不韪也。"

苏秦问："你究竟是何人？"

正在树下与书童说话的王伦见二人靠得如此相近，连忙喊道："公子，时候不早，该回府了。"

文夫人和苏秦拉开了距离，勒转马头回眸一笑，策马而去。苏秦策马追上："请恕在下唐突，不知何时再能会见先生？"文夫人道："每日傍晚在此恭候。"王伦上马追随过来，苏秦只得勒住马，望着来去神速的两乘快骑，睿智的目光中掠过几许迷惘。

60

秋夕，燕内宫

文夫人正容光焕发改装欲赴苏秦之约，王伦一旁道："太后，子之唆使着大王将苏相国的妻小接了来，正千方百计地想找碴迫使苏相国为燕仕齐呢。为燕仕齐要是败露了，那是要五马分尸的。"

文夫人手中的玉簪掉在地上折断了，镜中的她缓缓地卸去了男装。

61

傍晚，燕山南麓

落日西沉，秋色依旧，苏秦在马上翘首盼望……

同样的时间，同样的地点，只是景色和人物的服装在进行四季更替。苏秦仍然在那里走马等待。

这日风大，苏秦咳嗽得厉害，书童劝道："相爷，我们回去吧。"苏秦不闻，书童在一旁嘀咕："整个京城都找遍了，也没打听到这两个人。也不知是何方的过路神圣，来无踪去无影，哄得他如此精明之人也失魂落魄，寝食不安。"

62

日，秦宫

（银屏右上角出现字幕：秦国）

秦惠王和张仪、寒泉子议事。寒泉子道："苏秦离赵散纵，以秦权说齐还燕十城，现成的把柄在手，毁其声誉败其学说，何愁连横不成。"

张仪眼前出现那日在燕山驿馆时的情形。苏秦道："我以秦权说齐还燕十城，你可以毁我声誉以成连横。"自己答："我不用毁你声誉也可以连横成功。"于是张仪道："苏秦以秦权说齐，那是在宣扬我秦国的霸权，与我秦国有利。试想，苏秦创合纵抗秦，尚以秦权压服齐国，秦权可谓重也，如因此毁其声誉，则天下无人再敢以秦权压众，则秦权废也。苏秦离赵，合纵已解，大王可先取魏西河之地，如此进可攻，退可守，东向以制诸侯，秦权益重。秦权重，则连横成也。"

秦惠王道："寡人听子。"

63

日,魏城雕阴、汾阴、皮氏、焦、曲沃、蒲阳

（银屏右上角出现字幕：魏国）

秦惠王按张仪之计攻魏,连映秦军相继攻克魏国雕阴、汾阴、皮氏、焦、曲沃、蒲阳等六座城池。

画外音："苏秦离赵,合纵解散后,秦国连年取魏西河之地。"

64

日，魏宫

边关告急：“蒲阳陷落，上郡十五县危在旦夕！”

魏襄王捶胸顿足道：“寡人不信苏秦势力均衡之说，毁约攻赵，方有今日之祸也！”

宫吏又报：“秦国客卿张仪求见。”

魏襄王攮剑切齿道：“让他进来！”

张仪进见：“臣张仪叩见大王。”

魏襄王道：“先生曾言，只要齐魏攻赵，秦就还我襄陵七城，与魏和好，永不侵扰。如今不但不还我襄陵七城，反而连年取我西河之地，请问还有半点信义否？”

张仪道：“当年秦国许魏还襄陵七城是有条件的，大王遇水并未攻赵，反而催讨七城。秦连年取魏西河之地是因两国发生了误会。秦魏乃近邻，还是应当和睦相处。如今秦王令臣奉焦、曲沃还君，并以公子为人质，与贵国结好。”

魏襄王：“秦王之言已不可信，人质也无济于事。”

张仪:"秦兵已经攻下蒲阳,上郡如囊中之物,若非真心求和,岂肯还城纳质?臣也是魏国人,一心希望两国和好。可叹臣费九牛二虎之力,方说得秦王回心转意,不想臣一片苦心,反遭如此冷遇。臣非怨也,实为大王忧虑。"

魏国通秦者皆随声附和,或曰:"连年战争,国家元气已尽,大王当厚结张仪,使秦魏和睦才是。"或曰:"蒲阳失守,上郡肯定是保不住了。现在秦王还城纳质,与魏和好,魏也不能无礼,不如将上郡献与秦国,使秦王更加爱魏国。"

张仪道:"秦魏和睦,合兵攻打诸侯,大王在别国取得的补偿,必然十倍于今之所献。"

魏襄王受内外胁迫,只得忍痛蒙羞,下阶向张仪赔礼:"寡人若有得罪之处,还望先生念故土之情,不要见怪。秦王还城纳质,以示诚意,寡人愿献上郡十五县与贵国结好。"

65

日，秦宫

（银屏右上角出现字幕：秦国）

张仪说魏献上郡后归报秦惠王，秦王大笑："得人之地还能受人之谢。爱卿仕秦五年，为寡人扩地数千里，如今不费一兵一卒又得魏上郡十五县，公孙衍不如也。"

公孙衍赧然交还相印："微臣不才，请大王收回相印。"

秦惠王收回相印授予张仪："愿爱卿与寡人同心同德，共图霸业。"

张仪接过相印又替秦王谋划："大王虽然已经掌握了黄河天堑，还须防止六国再次合纵。齐燕离我远，可以和他们亲善；楚魏惧怕我，可以使他们臣服；韩赵敌视我，当严加惩治。大王不是想攻打赵国，以报其倡合纵之仇吗？如今上郡已为秦地，大王可以出兵取赵代、蔺、离石。赵乃山东强国，只要赵能臣服，何愁连横不成？"

66

日,赵宫

(银屏右上角出现字幕:赵国)

边关告急:"魏献上郡十五县和秦,秦取我代、蔺、离石!"

赵肃侯气盛有心疾,闻报大叫一声昏死过去。

赵肃侯病危,临终嘱太子雍(人物下方有字:赵太子雍):"王儿记住,秦乃虎狼之邦,你务必要秣马厉兵,严阵以待。"又执公子成手道:"苏秦之言句句兑现,真乃神人也!合纵不能解……"言未尽,溘然而逝。

公子成泣道:"王兄放心,小弟一定重倡合纵,一举破秦!"

67

日，秦宫

（银屏右上角出现字幕：秦国）

秦惠王坐殿谓大臣："赵相公子成趁赵肃侯病逝，纠集列国精兵至赵，妄图重倡合纵，一举破秦。"

张仪："合纵已解，六国已散，大王也可派遣锐师至赵，参加会葬，以防生变。"

秦惠王问："公子成想重倡合纵，众卿以为此事能成否？"

寒泉子："以公子成之才休想重倡合纵。苏秦奇才，留在世上终为祸害，请大王遣人暗中除之，以绝后患。"

张仪连忙道："大王如遣人暗杀，一旦事情败露，将使天下尽知秦乃惧怕合纵才杀害苏秦，这样只能适得其反，使各国更加重视势力均衡之说。所以臣以为只可破纵连横，而不需要加害其本人。"

秦惠王叹道："苏秦的合纵虽然失败了，但其势力均衡之说却日渐深入人心；丞相创连横，至今未有一国事秦。

满朝都在议论,说卿与苏秦有瓜葛,故而外交之上,言辞躲闪,说话不力。"

张仪一听,连忙跪下:"大王绝疑去谗,屏流言之迹,塞朋党之门,臣方能陈忠于前,为大王谋扩地强兵之计。大王刚得魏西河之地,诸侯惊魂未定,心有余悸,此时连横,自然不利,请大王再给臣五年时间。"

秦惠王问:"丞相可敢立下军令状?五年之后,连横不成,当如何处置?"

张仪道:"五年之后连横不成,臣当免职受罚。"

五 自毁其说

68

夏日，燕国苏府

（银屏右上角出现字幕：燕国）

一池碧荷临风起舞，苏秦和女儿在自家苑中对弈。刚及笄的苏女亭亭玉立，千娇百媚，仪态万方。苏秦的棋子占了上风，见爱女娥眉紧蹙，便故意地将棋子走错，苏女赢了棋，拍手笑道："爹输了！"

一向冷峻的苏秦此时却目光慈祥："你却不知是为父让了你？"

苏女依偎在父亲膝下："爹赖也！输了还说让了人。爹，娘昨日带我去庙里烧香了，娘说女孩子及笄时要许个愿，你猜我许的是什么愿？"

苏秦替女儿整了整新梳的发髻："嫁个如意郎君？"

苏女羞红了脸："不对！我要爹身体永远安康。"

苏秦："女孩子一及笄，离出嫁之日便不远了。"

苏女捂住父亲的嘴："不许爹瞎说，玉儿一辈子不离开爹！"

苏秦:"哪有女孩子陪伴父亲过一辈子的。只要你能远离战争,找个平常人家的好孩子,夫妻能互相敬重,情投意合,不忧宦海风波,不愁柴米衣帛,也就了却了为父的一件心事。"

苏女认真道:"女儿不嫁人,女儿要陪伴爹过一辈子。"

父女俩正享天伦之乐,苏代兴冲冲地跑来道:"三哥,张仪与齐、楚、魏三国大臣会于啮桑连横失败了!秦惠王曾经让张仪立下军令状,五年之内连横不成将引咎辞职,现已三年了。"苏秦脸上笑容顿敛,苏代没注意到兄长的脸色,继续道:"听说张仪软硬兼施什么点子都用尽了,可列国偏偏只信兄长的势力均衡之说,就是不肯事秦。看来兄长重倡合纵,再佩六国相印是早晚的事。"

苏秦背身斥道:"你说得太多了,还不退下!"

苏女看到叔父扫兴而去,问父亲:"张仪连横不成,爹理应高兴,为何反倒不快?"

苏秦内心独白:"孩子怎么会明白,我为助张仪连横成功,为使秦王能用张仪之策统一中国,现在已经到了不得不答应燕王仕齐为反间自毁其说的时候了。"

"爹!"苏女摇撼着父亲的手,"爹,你怎么了?"

苏秦回过神来,生离死别之前,充满怜爱地看着女儿道:"为父有事要去齐国,必须先送你们母女回洛阳。回家后要听娘的话，好好孝敬长辈，只要你能好好的，便是孝敬为父了。"

苏女从未见过父亲的脸色如此凝重，一种不祥之感油然而生。

69

夏日，燕后宫

秦大夫寒泉子来见燕易王夫人（人物下方有字：秦公主，燕易王夫人），呈上礼盒道："大王思念公主，令臣送来玉镯一对。"

易王夫人睹物思亲，红了眼圈，退去左右后问："父王近来身体可好？"

寒泉子道："苏秦的势力均衡之说使张仪连横不成，大王不得已让张仪立下了军令状，五年之内连横不成将免职受罚，如今已经三年了。这次张仪与齐楚魏三国大臣会于啮桑，连横又失败了。大王怕失去了张仪，又怕苏秦再次合纵，所以整日忧心忡忡，身体早已不如从前。"

易王夫人："苏秦如此可恶，何不遣人除掉他？"

寒泉子："只怕事发之后，天下人以为秦国是怕六国合纵才杀害苏秦，这样会适得其反，使诸侯更加重视苏秦的合纵之说。"

易王夫人:"那就借他人之手除掉苏秦。"

寒泉子:"公主聪慧过人,臣正要为此事和公主商议。"

易王夫人问:"寒大夫还记得当年你送亲时用重金收买的那个宦官吗?"

寒泉子:"就是那个叫王伦的?"

易王夫人:"正是他。先王死后,他在文夫人处当差,那天我去看母后……"

(出现当时情形。)寝宫里死一般的寂静。文夫人卧病,昏乱时喊着苏秦的名字,进来探视的易王夫人听到后大吃一惊,连忙退至外室问王伦:"太后究竟得的是什么病?"

王伦:"回夫人的话,太后得的是肺疾,用的是麻黄、杏仁、生石膏、生甘草。"

易王夫人退去左右后又问:"太后睡着后怎么会喊苏相国的名字?你既然不对我说实话,我就把你收受秦国贿赂的事告诉大王,你看如何?"

王伦连忙跪下:"夫人息怒。并非奴才不说实话,事关王室声誉,奴才不敢说。"

易王夫人:"恕你无罪,照实说来。"

王伦:"那年苏相国到灵堂悼念先王,被太后在帘内看见。太后爱苏相国，却无由相见，故而相思成疾。"（当时情形消失。）

寒泉子闻言大喜："文夫人爱苏秦，那我们就借易王之手。"

易王夫人道："大王想让苏秦仕齐为反间，对他比自己亲爹还好呢。"

寒泉子拊掌大笑："此乃天助我秦国也！苏秦创合纵之说，自己犹反复于齐燕之间，这可是自毁其说，岂不比要了他的性命更有利于秦国？"

易王夫人："你和我家大王一样糊涂，以苏秦的身份和威望，怎么可能答应去齐国做燕国的奸细呢。"

寒泉子："何不使易王以通奸之事迫使其就范？"

易王夫人："这主意不错。苏秦不答应为燕仕齐就得株连九族，答应为燕仕齐败露了是五马分尸。即便谋齐成功，世人也会想，苏秦自创合纵之说，犹以为燕仕齐而告终，合纵行不通明也。但可惜太后是单相思，这出戏没法上演。"

寒泉子："苏秦张仪皆师承鬼谷子，张仪懂医术，苏秦也一定会治病。太后不是有病吗？那就赶快让大王请他入宫为太后治病啊。"

70

夏日，燕后宫

燕易王闷闷不乐地回到宫中，宫女上茶被易王一脚踢翻，侍从们吓得两腿哆嗦。易王夫人退去左右问："大王为何事发怒？"

燕易王道："张仪与齐楚魏三国大臣会于啮桑连横失败，苏秦将妻女送回洛阳，小小的燕国留不住他了。"

易王夫人："适才王伦来说母后的病又加重了，苏相国精通医道，何不请他入宫为母后治病？"

燕易王："夫人不是说母后之病因苏秦而起吗，让他入宫治病岂不添乱？"

易王夫人："大王不是想让苏秦仕齐为反间吗？与太后私通可是株连九族的大罪，大王可用此事要挟他。"

燕易王："寡人幼年丧母，是后母将我教养成人，虽非亲生，毕竟有母子名分。"

易王夫人道："大王如此说，原是为了父王的颜面、母后的声誉、自己的尊严,但是若为母后想,人之将死而不能见一见自己朝思暮想的人,岂不太苦了吗?大王行此事,一来为国,二来尽孝,至于丑闻,只要不声张,谁会知道?"

正说着,内侍来报:"大王,苏相国求见。"

燕易王退去内侍来回踱着:"他一定是来向我辞行的。"

易王夫人道:"苏相国不请自来,大王千万不要错过机会。大王只要让他答应替母后治病,其余的事都由我来安排。"

71

夏日,燕内宫

易王夫人至太后寝宫,退去了左右,和王伦耳语了几句。王伦吓得魂飞魄散,跪下连连磕头:"奴才不敢!一个是堂堂一国之母,一个是赫赫六国之相,奴才的脑袋搬家不碍事,只怕王室的声誉受损,奴才死后不敢去见先王!"

易王夫人冷笑道:"你收受秦国贿赂的事要声张出去,你死后就敢去见先王了吗?只要你照我说的去做,就不会有事。"

72

夏日，燕宫书房

燕易王请苏秦至书房："相君来得正好，寡人有一事相求。母后病重，寡人遍求名医良方都无济于事，听说相君精于医道，想请相君诊断一下。"

苏秦："臣对医学不过略知皮毛，岂敢贻误太后，大王当另请高明。臣今日进宫是为……"

燕易王以为苏秦是来辞行的，连忙打断其言，跪下道："母后病重，寡人岂敢言他事。还望相君施恻隐之心，治不好也决不怪罪相君！"

苏秦无奈，只得扶起燕易王："大王快起。臣斗胆一试。"

73

夏日，燕内宫

燕易王请苏秦至太后寝宫，王伦出迎："奴才叩见大王、苏相国。"

燕易王："寡人请苏相国来替母后治病，你快进去通报。"

王伦应诺，进去胡乱转了一圈，出来禀报："太后不喜欢人多，吩咐只让苏相国一人进去。"

燕易王谓苏秦："寡人有点事去去就来。"又谓王伦："你好生伺候了。"

王伦回易王："奴才知道。"又转向苏秦："苏相国请。"

王伦引苏秦进文夫人寝宫内："太后，大王请苏相国来替您瞧病了。"

帘内，文夫人显然不知苏秦的到来，惊诧之余，连忙起身正衣拢发，而苏秦已在帘外施礼："臣苏秦参见太后。"王伦在苏秦身旁设座后赶紧溜走。

燕易王离开文夫人寝宫后心想:"难道母后之病真是为了苏秦?"好奇心使他从旁门返回后母的寝宫,从窗户跨入内室,避在屏后窃听。

屏风外苏秦正问文夫人:"太后感到何样不适?"

文夫人答非所问:"听说大王想请相国为燕仕齐,相国对此总是避而不谈是吗?"

苏秦以为此乃太后症结所在:"臣今日进宫原是为了和大王商议此事,只因太后之病,还未及提起。"

苏秦轻声一言使文夫人怔住了,使屏后的燕易王也怔住了。

文夫人问:"难道你会答应替燕国仕齐为反间?"

苏秦:"九年前大王留臣在燕不就是为了此事吗?"

文夫人:"相国威名天下敬仰,万民称颂,一旦为燕仕齐,可知这后果是什么?"

苏秦困惑,选择了沉默。

文夫人问:"苏相国为何不回话?"

苏秦:"臣是奉命来替太后治病的。"

文夫人:"既如此,那就请相国诊断一下哀家的病情。九年前,哀家梦见一个叫秦臻的人,与其策马燕山之下,醒来便一病至今。"

猜了九年的谜总算揭底,等了九年的人突然近在咫尺,帘后这位病恹恹的国母竟是当年那位英姿飒爽的骑马少年。苏秦吃惊得抬起目光，顷刻间又意识到自己已经失礼，连忙俯首小心道："是梦何必当真，太后只有忘却梦中之事，这医药才会起效。"

文夫人："哀家爱慕相君才华，九年前男装出宫，与君会于燕山之下，只因怕连累君，才背信失约。"

苏秦："如今为何不怕连累臣？"

文夫人道："你既然自毁其说，又何惧罪加一等？"

"看来太后之病臣无能为力。"苏秦毅然拂袖而去。

屏后的燕易王见苏秦离去，因怕被人发现，也赶紧越窗离开。

不想寝宫的门却被王伦锁了起来。苏秦出不去只得返回："请太后赶快唤人开门，不然的话，臣死不足惜，还要连累他人！"

文夫人这才意识到请苏秦为她治病是易王的圈套："妾虽不想玷污君，但这房门一闭，即使你我完全清白也难免要担个虚名。看来，为了要你答应为燕仕齐，即便是他的亲娘，他也会给你的。"

苏秦明白了文夫人的话，退后三步跪下，伏地不敢起身。

文夫人道："君创合纵之说，已为天下所重，君不功成身退，反去为人反间。君为暗荐张仪而创合纵，如今为了张仪连横成功，又不惜身败名裂自毁其说，我真羡慕张仪。可是，为了那残暴的虎狼之秦，葬送自己一世英名值得吗？人言可畏啊！"

苏秦感到自己的内心已赤裸裸地暴露在这位暗恋自己整整九年的妇人面前，嘴上却道："太后一味地胡思乱想，不利于身体康复！"

久病虚弱的文夫人不知从哪里来的气力，揭帘下榻走向苏秦："妾愿与君一吐肺腑之言，愿君知道，妾一生所爱，唯君一人！"

苏秦起身后退："太后不能因私情而失国体！"

文夫人不顾一切地紧紧抱住了苏秦："与君肌肤相亲，也不枉我相思而死还白担个虚名。此生无缘，愿与君期于来世，切莫负我！"言讫力尽昏了过去，苏秦本能地扶住了她。

恰逢此时，易王夫人闯进来："苏秦竟敢侮辱国母，来人，给我绑了！"

内侍们不由分说将苏秦捆起。

74

夏日，燕宫私刑处

苏秦被绑到刑部，易王夫人问行刑官："有没有外表看不到伤痕，让人受不了又死不掉的刑罚？"

行刑官道："倒悬外表看不见伤痕，内里五脏六腑全搅在一起，就是铁打的硬汉也撑不了半个时辰。"

易王夫人道："那你就用点心思好好伺候他。"又道："今日之事，谁要是漏出半点儿风去，我就一刀一刀地剐了他！"

左右吓得一起跪下同声应诺。

内侍们将苏秦的脚踝用棉垫小心地缠好，再用白绫缚紧，将苏秦托起，倒悬在高高的宫梁之上。

燕后宫，易王从太后处回来，谓心腹："快去将夫人找来！"

刑部，易王夫人欣赏着被倒悬的苏秦求生不能求死不得的样子，仍不解恨，谓行刑官："你不是说要不了半个时辰他就会受不了？我看他还挺舒服呢。"

行刑官道："那就大热的天再伺候他一道菜，叫烟熏火燎。"

鲜血从苏秦的口中沥出，滴在下面的火炉上发出刺刺的响声，冒出一道道青烟。

易王心腹找来，见此情形，赶紧溜走。

易王心腹回后宫报于燕易王："夫人说苏相国羞辱了太后，正对相国用刑呢。"

燕易王目瞪口呆，不知所措。

心腹又道："苏相国被倒悬在宫梁之上，已经吐血了。"

燕易王赶到刑部，易王夫人出迎。燕易王退去左右怨夫人："苏秦原是来和我商议仕齐之事的，都是你出的馊主意，闹得现在不可收拾。"

易王夫人道："你不是也不知道他是来答应你去齐国吗？现在你厚待他，我让太后一天去找他几回，他怕株连九族，必定会赶快离开燕国，替你谋齐！"

燕易王："那母后要不去找他呢？"

易王夫人："我让王伦去找他，就说是太后让去的。"

易王夫人离开，燕易王至行刑处怒斥手下："这是谁干的好事，还不快将相君放下！"

内侍们手忙脚乱地将受尽折磨的苏秦放到地上。燕易王退去左右，亲自为苏秦松绑。

75

夏日,燕相子之府

燕相子之的儿子公子寅(人物下方有字:燕相之子公子寅)纠缠着父亲:"爹,我那日在庙里窥见了苏相国的女儿,孩儿从未见过这样标致的女子,你快去给孩儿提亲吧!"

燕相子之:"苏秦已将女儿送回洛阳了,你就死了这条心吧。"

公子寅:"就是送到天边,我也要把她娶进门!"

燕相子之:"你谁家的女孩儿不能挑,偏偏看上了苏秦的女儿?那苏秦膝下无子,就这么一个宝贝女儿,视如掌上明珠,岂肯嫁给你这样的人。老夫不想自讨没趣。"

公子寅:"我这样的怎么了?别看你有一大堆儿子,还只有我一个是大房里养的呢。我告诉你,我非娶那庙里见到的女子不可,我可管不着她是谁家的女儿!"

子之气得跺脚道:"这混账的东西,气死老夫也!"

公子寅从小骄纵惯了,立刻赖地大闹起来:"我不想活了，我活不成了，我不活了!……"

子之夫人吓得跪在丈夫面前泣道："相爷，妾年过半百，只有这点骨血，要是有个三长两短，叫妾如何活命？求相爷看在结发的分上，就依了他这一回。再说两家也是门当户对，有何不可？"

子之爱子怜妻，只好答应："都快起来，老夫依他就是，只是那苏秦一向与我敷衍，难以开口提亲。"

有门客道："苏秦之弟苏代、苏厉，为人倒是十分圆滑，相爷提亲，可以先去找他们。"

76

夏日，燕国苏府

　　苏秦的弟弟苏代、苏厉将燕相子之迎入客厅，子之坐下便开门见山道："老夫说话不喜欢拐弯抹角。今日不为他事，专为孺子的婚事而来。相府的千金已长成，不知能高攀否？"

　　苏代知道子之的儿子口碑不好，也看到苏厉在偷偷摆手，但转眼一想，竟然越过苏秦，拉着苏厉在子之面前欠身道："是此亲家兄长在上，请受小弟一拜！家兄早有与贵府联姻之意，今日乃不谋而合也！"

　　子之不料事情会如此顺意，大喜道："好兄弟，不用客套。既然两家都有这个意思，这门亲事就定下了！"

　　代、厉二人送走子之后，苏厉责怪苏代："四哥你疯了！谁不知道子之的公子是个糟蹋女孩子的禽兽，兄长怎么可能答应这门亲事？"

　　苏代叹息道："正因为我知道兄长不会答应这门亲事，

所以才以兄长的名义应下的。适才我在窗下听到了王公公和兄长说的话,原来兄长和太后有私,那公公是太后身边的,这两天把府上的门槛都踩烂了,难保旁人不说闲话。子之乃专横弄权之辈,三军在手,连燕王也忌他三分,倘若不允这门亲事,其怀恨在心,碰在这出事的当口,只要他动一动嘴,苏家一门老小皆葬送!现在只有让玉儿做出牺牲,方能保住全家性命!"

苏厉问:"那兄长知道了怎么办?"

苏代想了想道:"还是以兄长的名义给子之去信,让他请燕王赐婚,趁兄长病得厉害,瞒着他把婚事办了。"

苏厉:"玉儿母女不是回洛阳了吗?"

苏代:"我这就遣人去让她们赶回来,就说兄长在宫里得了急病。"

苏厉:"玉儿知道了这门亲事能不找她父亲?"

苏代:"我自有办法不让他们夫妻、父女相见。"

苏厉:"阖府上下都是兄长的耳目,你能瞒得住他?"

苏代:"兄长犯下了株连九族的大罪,只要和府吏说清楚,没有人会和自己的性命过不去。"

苏厉:"可兄长迟早会知道这事!"

苏代:"只要能保住全家性命,要杀要剐由他!"

77

夏日，燕宫

燕易王正和夫人议事，燕相子之进见："大王，老臣之子和苏秦之女订下了百年之好，请大王给小儿们挑个吉日完婚，以示荣耀。"

易王夫人一旁小声谓易王："你看，苏秦果然怕了，要不怎么会如此着急地要和兵权独揽的子之攀亲家？这样一来，让苏秦的宝贝女儿留在燕国做人质名正言顺。此事宜早不宜迟，明天便是吉日。"

78

当日，燕国苏府

一辆马车赶到苏府门口，马儿喘着粗气，苏夫人母女匆匆下车进去。

苏夫人问苏代："相爷在宫里得了什么急病？"

苏代正要回话，宫吏来宣："请苏相国接旨！"

苏代、苏厉和苏夫人母女连忙跪下，苏代道："兄长昏迷不醒，不能接旨。"

宫吏道："那你们就代接了吧。"于是宣旨："大王圣谕，两位相国缔结儿女之亲乃燕国之大喜，敕明天吉日完婚，举国同庆，钦此。"

苏夫人母女闻旨如遭晴天霹雳，宫吏一走，抱头痛哭。

苏代、苏厉一起给嫂嫂和侄女跪下："王命不能违抗，苏家一门老小上百余口的性命都在贤侄女的手中！"

苏女："爹绝不会答应这门亲事的，我找爹去！"

苏夫人母女走后，苏厉问苏代："你不是说你有办法不让他们夫妻、父女相见吗？"

苏代道："我估计她们母女今天会到，已将麻药掺和在给兄长治胃疾的药里，看着他喝了。"

79

次日，燕内宫

燕太后寝宫，病重的文夫人挣扎到案前，咬破食指，在一方绢帕上写道："流水绕高山，山高水呜咽。山兮何巍巍，水兮何坦坦。默默东归去，不肯复西还。"写完喝下早已备好的毒药，挥手将药瓶打碎。

王伦闻声进来，看见打碎的药瓶，大惊失色，跪在文夫人面前哭泣。

文夫人气息微弱问王伦："哀家平日待你如何？"

王伦泣道："太后待奴才恩重如山，奴才虽肝脑涂地不能报万一也！"

文夫人道："我死后，将案上那绢帕交给苏秦。此外，别忘了把我的鸟儿放了。"

王伦泣道："太后放心，奴才一定不负所托！"

深宫草木枯萎，池水干涸，万籁俱寂，连一丝风也没有。一个在寝宫外侍立的宦官用袖子扇着凉："这鬼天气如此闷热。"突然，笼鸟悲鸣，王伦从里面慌慌张张地跑出来说："快去禀报大王，太后薨了！"一只刚从笼里放出的小鸟，拍打着翅膀，从他们的眼前掠过，奋力地向天空冲去。

80

是日，燕国苏府

苏府前院正忙着张罗喜事。

"你们让我见见爹！我要见爹！……"苏女撕心裂肺地哭喊着，被人强行塞进了花轿里，鼓乐声掩没了她使人心碎的哭喊声。

苏府后院冷冷清清，下人全都避开了。

苏秦在书房里醒来，问书童："何来笙箫鼓乐之声？"

书童不敢直言相告："是邻家女子出嫁，在办喜事。"说完将一玉匣奉上："适才王公公又来了。这是他留下的，他让小的告诉相爷，太后驾崩了。"

户外电闪雷鸣，乌云翻腾，一场暴风雨即将来临。苏秦接过匣子，书童连忙关窗点灯，知趣地退下，出了书房，一路自言自语道："这姓王的公公好生面熟，就是想不起来在哪儿见过。"

书童走后，毕成醉眼蒙眬趔趔趄趄地进了书房："相君何在?我来给相君道喜!"

苏秦看了文夫人的血书两眼发直,闻毕成呼唤抬起头来:"先生醉了。"

毕成:"我没醉,我这次来燕国做生意赶上了好日子,我是来给相君道喜的!"

苏秦问:"喜从何来?"

毕成笑道:"还说我喝醉了,我看是你自己喝醉了。你女儿出嫁,还问我喜从何来。"

苏秦问:"我女儿出嫁?嫁给谁?"

毕成笑道:"我说你喝醉了你还不信。燕王赐婚,将你女儿许配给了子之的大公子你会不知道?可笑可笑!"

苏秦闻讯想起刚才的鼓乐声,顿时天旋地转,文夫人的血书从他手中飘落,顾不得头晕目眩脚下如棉,跌跌撞撞地冲出门去。

外面的天,黑得如同夜晚,顷刻间大雨滂沱,苏秦跌倒又爬起,爬起又跌倒,独自在风雨中挣扎到前院。府上张灯结彩高朋满座的喜庆氛围像正在吃人的猛兽,吓得他瞠目结舌,恼得他手捂胸膛。忽然又闻家丁向苏代、苏厉报表:"四老爷、五老爷,小姐在轿中自尽了!"闻此言痛得苏秦如万箭穿心,口中喷出大量殷红色的血水,昏倒在暴风雨中。

雨过天晴，苏府的喜事变成了丧事。苏代、苏厉来见苏秦，不见苏秦，但见地上有块染血的诗帕。苏代将它捡了起来，二人看后，苏厉道："看这诗，好像太后和兄长没有那回事。"苏代道："丝帕上有血字和龙凤图案，分明是宫中女眷的传情之物。嫂嫂不识字，给她。"正说着，家丁来报："四老爷、五老爷，相爷昏倒了！相爷昏倒在院里，浑身湿透，好像心跳也没了！"苏代一听，慌忙将文夫人的诗帕掖在袖中……

几个家丁在院中清洗没有被暴雨冲刷干净的血水……

燕易王和太医们在苏秦的卧室外间说话，主治太医道："苏相国的病已侵入膏肓，恐怕不久人世。"

卧房内，苏秦的眼皮略微动了一下，书童惊喜道："相爷醒了！"

燕易王和主治太医进来，主治太医对苏秦说："苏相国总算醒了。大王陪着你寸步不离，已经一天一夜没合眼了。"

苏秦自知在世之日不多，完成心愿的紧迫感使他气息微弱对燕易王道："臣有话和大王说，让所有的人都退下。"

燕易王让众人退去。苏秦看着两眼充血一脸疲惫的燕易王，揶揄道："大王不用如此劳累。九年前，臣答应大王留在燕国时，已经很清楚大王的意向。前几天臣进宫原是要和大王商议仕齐之事，不想大王竟然如此厚待臣。"

燕易王道:"是寡人让相君受苦了。那日寡人还以为王伦早已送相君回府,不想竟然闹出这等乱子,要不是内侍来报,寡人还不知道。寡人绝不相信夫人之言,相君的为人寡人还不知道吗,何况母后是个身患重病之人。"

苏秦道:"大王不用担心,臣还死不了。既生此事,臣可佯罪离燕,为大王使反间于齐。"说完合上眼,转脸向壁。

燕易王闻言再次跪在苏秦榻前:"相君病成这样,还不忘为燕国计,请受寡人一拜!"

81

夏日，苏女墓地

苏秦肝肠寸断地对着爱女墓前的石碑。苏夫人哭得昏天黑地，眼睛被泪水泡得像熟透了的杏子，将文夫人的诗帕当众弃于丈夫脚前道："说什么糟糠之妻不下堂，说什么不再让孩子受苦，如今却是你自己害死了亲生女儿！世言夫君之智胜过百万雄师，岂知你连自己都胜不了！"不识字的苏夫人不知丈夫无辜，斥责后掩泪上车。

苏秦走到夫人车前跪下，这一举动令所有在场的人都一起陪着跪下。车夫的手里拽着缰绳，站也不是跪也不行不知所措。苏夫人怨恨至极，放下车帘吩咐车夫："还不快走！"苏秦置手于车轮之间，众人一声惊叫，车夫扬鞭即止。

苏秦道："苏秦连累了玉儿，对不起夫人。还求夫人看在结发的分上，念我公务在身，故土难归，回洛阳后替我尽心侍奉双亲。"说完拭去满脸泪水，扶车起身，将手拿开，车夫小心翼翼地将车启动。

众人皆上车而去,墓前只剩下苏秦和书童二人。苏秦抚碑道:"玉儿,你曾说要陪伴父亲过一辈子,你等着为父!"说完转身,缓缓地捡起文夫人的诗帕。

82

夏日，王陵

苏秦在文夫人的墓前坐下，点燃了文夫人的丝帕，对墓中人道："我不知君如何知道我暗荐张仪之事，君竟然将我的内心看得如此透彻却不外传。九年来，我每日傍晚都去山南遛马，只为能重见知己，不想君乃红颜，若有来生，再成知己，当不负君。君说羡慕张仪，其实他很苦，从小没有父母、兄弟、姐妹，只有我这么一个结拜兄长，秦王逼他立下军令状，五年之内连横不成将免职受罚，如此一来，我和他助秦统一中国的目标就无法实现。现在已经三年了，他连横不成，我不得不自毁其说助他成功。我此去为燕仕齐，将死无葬身之地，他连到我墓前倾诉都不能。我不惜身败名裂，是为天下和平，岂是为虎狼之秦？君说人言可畏，苏秦为一生所愿，死且不顾，又何畏人言？"

在远处侍立的书童跑来："相爷，快走吧，有人过来了！"

苏秦离去，地上的灰烬被风吹起，在其身后翩翩起舞。

六　血染连玺

83

夏日,齐宫

(银屏右上角出现字幕:齐国)

贵重的白色地毯从宫门口一直铺到金銮殿。

画外音:"公元前323年,齐宣王逝,太子遂即位,称齐湣王,苏秦为燕仕齐。"

齐国的文武百官夹道躬身而迎。苏秦形销骨立,脸色苍白,一身素服,徐徐地走向金銮殿,就像毅然地走上断头台,夕阳照射在他华丽的白袍上恰似斑斑血迹。

齐湣王(人物下方有字:齐宣王逝,太子遂即位,称齐湣王)下阶施礼:"寡人仰慕相君才华已久,不想初登基便能得相君辅佐,实乃我齐国之大幸。"

苏秦还礼道:"臣燕宫蒙冤,亡走贵国,大王不弃,臣当效犬马之力。"

84

冬日，秦宫

（银屏右上角出现字幕：秦国）

张仪谓秦惠王："臣请为秦仕魏，只有魏先事秦，才能分化列国，连横成功。今日魏太子来，正是机会，请大王收回相印，对外就说张仪通魏，被大王免职。"说完双手奉还相印。

秦惠王收回相印道："寡人听子。"

85

冬日,东去大路

张仪启程赴魏,寒泉子自燕赶回追上张仪。二人并辔而行,寒泉子道:"丞相不用再去魏国,合纵之说败了!"

张仪道:"世人如此推崇苏秦的势力均衡之说,岂会说败就败。"

寒泉子:"在下刚从燕国回来,听说燕太后文夫人爱苏秦之才,与其私通被燕王发现。苏秦和子之联姻,燕王因为怕子之,反倒厚待苏秦。可偏偏文夫人不肯收敛,屡次召苏秦进宫,苏秦称病不敢去,便说燕王佯罪离燕,仕齐为反间。丞相试想,苏秦创合纵,自己犹反复于齐燕之间,势力均衡之说岂有不败之理?丞相揭露此事,连横必然成功。"

张仪皱眉道:"苏秦禀性极为克己自制,绝非好色之徒。"

寒泉子道:"身在富贵之乡,岂有不变之理?听说燕王送了苏秦许多豆蔻年华的长姣美女,可不像丞相这么清苦。

丞相不毁苏秦声誉，连横难以成功啊！"

张仪斩钉截铁道："只有魏先事秦，连横才能成功。"

寒泉子见张仪不肯揭露苏秦之事，便道："如此说来，丞相还是先去魏国的好。愿丞相一路顺风，早日归秦！"

86

冬日，秦宫

寒泉子将张仪不肯毁苏秦之誉以成连横的事告诉了秦惠王，秦王叹息道："看来苏秦不死，张仪不敢吐舌也！"

寒泉子道："臣已经遣人去齐，只要将燕宫丑闻张扬出去，不用我们动手，齐国的人便会除去苏秦。"

87

春夜，赵宫

（银屏右上角出现字幕：赵国）

赵肃侯之子赵武灵王（人物下方有字，赵肃侯逝，太子雍即位，称赵武灵王）娶韩宣惠王之女为夫人（人物下方有字：韩公主，赵武灵王夫人）。这武灵王英武魁伟，韩公主妙龄二八如花似玉，洞房花烛之夜，新婚燕尔如胶似漆，武灵王道："夫人今日所求，哪怕是国之一半，寡人也舍得给你。"

韩公主道："臣妾什么都不要，只要大王发誓灭掉秦国。"

赵武灵王："韩赵联姻原是为了抗衡秦国，夫人所求正是寡人所愿。"于是跪地对天起誓："苍天在上，我赵雍若有负夫人今日所求……"

韩公主连忙捂住武灵王之口："臣妾不要大王起毒誓，只要大王将苏秦召回赵国，重倡合纵。六国合力，才能灭掉秦国。"

赵武灵王道："国中有位珠宝商名唤毕成，和苏秦交好，寡人让他出使齐国，请苏秦回赵。"

88

春夜，燕王寝宫

（银屏右上角出现字幕：燕国）

燕王寝宫帷幔重影，燕易王正睡得鼾声大作。梦中，燕文公手执利剑站在他面前："王儿，你为谋齐竟然不顾伦理纲常，你以为此事做得人不知鬼不觉吗？如今丑闻已经传到了国门之外，朝野议论，列为笑柄，为父不能饶你！"

燕易王吓得面无人色，跪在地上："孩儿所做的一切都是为了燕国，父王饶命！"

燕文公亡灵道："即使为父饶你，天也不会饶你，今日你的死期到了！"说完一剑刺透易王胸膛。

燕易王惨叫一声从梦中醒来，只觉得心口疼痛如绞，挣扎起身，走了几步，倒地而亡。

89

春夜，齐宫后苑

（银屏右上角出现字幕：齐国）

月圆之夜，楼台水榭，清辉澹澹，乐声悠扬，妙姿婆娑。苏秦弹琴，湣王吹箫，长姣美人歌舞。苏秦将文夫人的绝笔谱成了曲，一曲《山高水低》，风光扑面，气象万千，将人世间感情的忠贞、执着与无奈，演绎得缠绵悱恻、酣畅淋漓。

曲未终，齐相田婴（人物下方有字：齐相田婴）闯了进来。齐湣王扫兴大怒，退去歌舞美女，责道："王叔竟然擅自闯宫，有何事不能等到明天再说？"

田婴道："燕易王暴病而亡，太子哙年幼无知，机不可失，时不再来，请大王马上下令发兵攻燕！"

齐湣王问苏秦："爱卿以为可以发兵攻燕吗？"

苏秦内心独白："燕易王一死，自己为燕仕齐之事马上就会败露，而秦惠王给张仪立下的军令状也快到期……"离世在即的他似乎在叙述自己的未申之志，其言道："先用兵者忧,为首结怨者孤,后起者利也。麒骥之衰,驽马先之,猛士之倦,女子胜之。驽马女子并非强于麒骥猛士,皆因后起而乘机也……"

田婴冷笑着打断苏秦:"苏相国不愿攻燕,恐怕是另有原因吧!"

苏秦不受其扰,继续道:"干将莫邪,没有人力不能为用;利箭坚金,不得弦机之力不能远杀。善用兵者,百万之军败之于堂上。吴王阖闾之将擒之于户内,千丈之城拔于尊俎之间,百尺之衡折于衽席之上也。今之所谓善用兵者,战必胜,守不可拔,却不问战胜者,士兵死多少,守不可拔者,百姓惨到何等地步。伤残已先,霸业虽成也难以持久,折辕而炊,杀牛而觞,滥用兵者亡也!"说完起身,径自离去。

田婴:"苏秦竟敢在众目睽睽之下不辞而别,将大王撂在宫庭之上?"

齐湣王:"王叔在大庭广众之上冷嘲热讽就不过分吗?朝中上大夫七十六,稷下学士数百千,哪一个比得上苏秦的才华?寡人准他不辞而别,攻燕之事免谈!"

田婴恼羞成怒,脸色铁青道:"传闻苏秦与燕太后有染,在燕国待不下去,便说燕王仕齐为反间。苏秦身居高位,举足轻重,大王又百般宠幸,言听计从,此事关系到国家安危,请大王立刻遣人追查!"

齐湣王道:"苏秦才华盖世,国中妒忌者不少,况且又得罪了燕国,传出些流言蜚语也可想而知。王叔这就替寡人传旨下去,国中再有议论苏秦为燕使反间于齐者,死!"

90

春夜，齐相田婴府

田婴气得吹胡子瞪眼，浑身发抖地回到家中，谓其子田文道："可恨这穷巷掘门桑户棬枢之士，竟敢恃才傲物，如此狂妄。此人不除，你父在朝中无立锥之地也！我儿屈身待客，门下堂客三千，难道就无一人能除去苏秦？"

田文环顾四周道："苏秦不比常人，稍有半点差错，孩儿名声扫地也！"

田婴道："老夫也怕事发之后大王不依，所以才向你讨个万全之策。只要能拔掉这根眼中钉，老夫就立你为适子，继承薛公之爵位。"

91

春日，齐都临淄

齐宣王逝，齐湣王即位大赦，齐仁回到家乡。这忠义之人，抚摸着临淄的城门热泪盈眶。突然，他的肩头被人猛拍了一下："齐仁贤弟！还记得从小一起玩耍的哥们吗？"齐仁回头见是田文，连忙拱手道："尝君兄！多年不见。当年幸得恩兄相救，不然小弟早已含恨九泉。"

田文定睛看齐仁，忽然长叹一声。

齐仁："恩兄为何叹息？"

田文："我叹齐国，空有像贤弟这样身怀绝技的忠勇侠义之士，却不免亡于他国耳！"

齐仁："恩兄何出此言？"

田文："不说也罢，今日你我兄弟相见，不说这些不痛快的事！"

齐仁："国家有难，恩兄不能不讲给俺听。"

田文："此处不是说话的地方。贤弟好久不去我家了，到家去，我们兄弟好好聊聊。"

92

春日,齐相田婴府

田文请齐仁于密室小酌,其义正词严道:"齐国出了奸雄,此人在国中专宠专贵,怂恿大王厚葬先王以耗齐财,扩建宫室以筑齐怨,纵欲行乐以废齐政。朝中百官屡次进谏,大王置若罔闻,如此下去,齐国焉有不亡之理?"

齐仁义愤填膺道:"小弟愿为国家除害!"

田文立刻拜倒在地:"贤弟能为国家除害,请受愚兄一拜!"

齐仁连忙扶起田文:"恩兄不必如此,这人到底是谁?"

田文:"就是那曾经佩过六国相印、自创合纵之说又反复于齐燕之间的苏秦!"

齐仁闻言如同泥塑木雕一般:"苏秦乃一介文人,何用齐仁之剑?"

田文:"苏秦乃倾危之士也。大厦将倾,壮士扶危,绝不会辱没齐仁之剑!"

齐仁良久方道:"倘若苏秦果然是燕国的奸细,小弟将义无反顾!"

93

春晨,齐国苏府

苏秦这天上朝和往日不同,一早就用香汤沐浴,穿上了齐仁送他的白缎长衫,系上了张仪赠他的赭色腰带,然后才罩上紫袍玉带,又摘下身上的玉佩谓书童:"这玉佩也算得上稀世珍宝,足够你安个家好好过日子。你我主仆一场,今日也该分手了。"边说边小心地将玉佩塞到书童怀里。

书童伏地泣道:"小人不要玉佩。小人伺候了相爷十几年,小人离不开相爷,相爷也离不开小人。别人不知道你的习惯,伺候不了你的,小人不愿意离开相爷!"

苏秦道:"你十岁便跟从我,至今也有十五年了。我本该为你成家立业,只因府上多事,只好做此安排。你就放心离开我,自去收拾行李吧。"

书童了解苏秦的脾气,知道无法挽回,哭得更恸,再三叩首,步步回头而去。

书童走后，苏秦坐下修剪指甲，门人来报："相爷，临淄齐仁求见。"

苏秦脸上呈现出很久未见的喜悦："快请他进来！"

话音未落，齐仁一脸冷漠，已经进来。

意外的相见使苏秦悲喜交集，放下手中的剪刀，泪水夺眶而出："仁！果真是你吗？我还以为我们今生再难相聚！"

齐仁眼快，已经看到了苏秦在剪指甲。燕郊的相处已经使他非常了解苏秦的这一习惯，触景生情，却还是冷冷道："承蒙错爱，实不敢当。今日登门，有一事请教。"

苏秦的眼中掠过一丝悲哀："你我还如此客套？坐下说。"

齐仁不坐："我只问你一句话，你可曾真心忧念过六国的存亡，将合纵作为理想，矢志抵抗虎狼之秦？"

苏秦岔开话题："我这一生，倍感世态炎凉，人情冷暖，刻骨铭心的只有燕郊那份真情实意。"

齐仁冷笑道："真情实意？你出钱，我出力，两不拖欠。"

苏秦听出了其中的误会："那年去易水边看你，见村人穷困，便让童儿拿了一百两黄金给村中长者，由他分给众人。看来是童儿小，没说清楚。人生在世，钱财也不可少，当时是极想留些给你，只因君性情高洁，苏秦不敢妄为。没想到还是弄出这般误会。"

侍女上茶，苏秦想起书童已走，伤感不语。

齐仁仍然站立,内疚道:"那就是我错怪了你。当时因为怕连累你,才没有出来相见。"

苏秦:"我是在想,湣王大赦,你可以回临淄了。我们分别整整十六年,你已经娶妻生子了吧?"

齐仁:"我还是四处漂泊,孑然一身。你怎么瘦成这样?"

苏秦:"感谢苍天,能让我们再见上一面。"

齐仁:"齐仁一生,从不求人,今天求你一件事。"

苏秦问:"何事?"

齐仁:"求你对我说实话。"

苏秦仰脸望天:"能向你一吐衷肠,苏秦死也瞑目。"

齐仁问:"你果真为燕仕齐?"

苏秦正视齐仁良久道:"是。"

齐仁问:"你果真怂恿大王厚葬先王?"

苏秦:"是。"

齐仁问:"你果真怂恿大王扩建宫室?"

苏秦:"是。"

齐仁问:"大王不理朝政,纵欲行乐都是和你在一起?"

苏秦:"是。"

齐仁:"你果真是个道貌岸然的伪君子?是个为自己飞黄腾达可以出尔反尔、为一己淫欲可以伤风败俗、为巴结权臣可以丧尽天良的卑劣小人?你果真将风流韵事做到了人主的后宫里?"

苏秦望着齐仁半天说不出话来,然后道:"世言苏秦之辩纵横天下无敌手,今天却让你骂得哑口无言,你觉得可以满足了吗?"

齐仁近乎哀求道:"你告诉我,这都不是你的本意,创合纵之说,联六国抗秦才是你的初心!"

苏秦的语气柔和而平静:"你错了,我是有心连横偏偏合纵,有意助秦偏偏抗秦。统一中国的宏图不能施展,安定天下的韬略不能运筹,你还说我们前生有缘一见如故,其实你一点也不了解我。"

齐仁绝望地说:"现在了解了。"

两人像刑场上诀别的情侣一样脉脉地注视着。突然苏秦的身子颤了一下,齐仁惊恐得缩回手,痛不欲生地望着苏秦道:"国仇不能不报,情义不能不重。苏秦,我还你一命!"说完便要拔出已经插入苏秦腹中的匕首自尽。

苏秦以手按腹制止:"且慢!"齐仁问:"你还有何话要说?"苏秦道:"不要拔去匕首,我还有件心事未了。让我再苟活一时,见一见齐湣王。齐湣王待我不薄,我今天本来就要向他说出实情,领罪赴刑的。今天本来就是我的死期,你这一剑免了我活着忍受五马分尸之苦。"

"这是为什么?为什么会这样?"齐仁屈膝在苏秦面前,双手捂着脸啜泣起来。外面响起脚步声,苏秦哀求道:"有人来了,你快走!"齐仁坚决道:"哪里也不去,我们一起死!"

车夫叩门:"相爷,车备好了。"

苏秦忍剧痛,披上黑色貂氅,掩盖起伤情谓齐仁:"你扶我一下。"齐仁站起身,苏秦执其手又道:"送我一程。"

94

春日，去齐宫的路上

马车颠簸着，苏秦伤痛得支持不住。齐仁心如刀绞，紧紧地握住苏秦的手，苏秦的眼前出现了幻觉，以为是张仪在身边："贤弟，果真是你吗？愚兄等不到少用兵而统一中国、平息天下战乱的那一天了……我只能自毁其说，助你连横成功。你记住，你成功就是我成功，就是我们成功！"千言万语尽在手上传递，似乎减轻了苏秦的疼痛。

车近宫门减速行驶，苏秦突然清醒过来，看到了身边的齐仁。见他痛苦的样子，安慰道："你不要难过，我早已病入膏肓，死对我来说是一种解脱。你没有别的选择，我不怨你，我没有对你说真话，是我对不起你。你应该忘了我，我不值得你纪念。"最后道："临终之人也求你一件事，请不要拒绝我。"齐仁的心已经绞成碎片近乎麻木："你说。"苏秦看齐仁最后一眼道："找个伴，不要孤身一人。"齐仁也看苏秦最后一眼道："我答应你，一定找个伴。"苏秦转过脸去，道："等我吩咐停车，你再下去！"

95

春日，齐宫

齐湣王坐殿，毕成为赵使于齐，谓齐湣王："苏相国离赵十五年，秦蚕食三晋，虎狼之心昭然若揭。赵武灵王欲请苏相国回赵，联合六国，重倡合纵。"

齐湣王赞成毕成所言，却又舍不得苏秦离去："阁下何不自己去跟苏爱卿说？"

苏秦受致命之伤欲见齐湣王，以手按腹挣扎而走。大殿前的台阶似乎陡然增高了许多，使他阵阵晕眩险些栽倒。就在他感到上不去时，他的眼前出现了幼年时决定了他一生的情形：二哥痛苦、恐惧、无助、绝望的眼神和撕心裂肺的惨叫声；冷漠的军人抡动着砍刀，数以万计的人头落地。苏秦顿时振作起精神，昂首挺身，拾级而上，每走一步利刃绞肠，痛得他咬碎钢牙，汗流满面，却不止步。

毕成见苏秦上殿，趋前跪下，双手呈上连玺道："苏相国，赵先王遗旨，合纵不能散。臣奉赵武灵王之命，将连玺奉还，迎相君回赵！"

苏秦全然不闻毕成所言，行过白色的大理石御墀，越过毕成。毕成愣了一下，急趋几步，挡在苏秦面前再次跪下："苏相国！赵先王遗旨，合纵不能散！臣奉赵武灵王之命将连玺奉还，迎相君回赵！"

苏秦再次越过毕成，毕成再次趋前阻而跪之："苏相国，创合纵、联六国抗秦是你一生所追求的宏愿啊！毕成给你送连玺来了！"

苏秦支持不住，黑貂大氅从他肩头滑落，插在左腹上的匕首露了出来。毕成吓得倒在一旁，连玺也散落在地上。

不知是谁喊了声："有刺客！"刹那间，宫人们抱头鼠窜，卫士们追喊拿贼。

齐湣王赶过来，扶住苏秦，连声呼唤："爱卿！爱卿！你伤得怎样？是否看清刺客的相貌？"

卫士来报："回禀大王，臣等四下搜寻，不见刺客踪影！"

齐湣王大怒："竟有人敢在光天化日之下，行刺于朝堂之上，要你们这班蠢材何用？"说着一手扶住苏秦，一手拔剑就要杀那卫士。

苏秦忍着剧痛拦住湣王道："苏秦为燕谋反，愿大王车裂臣尸，以告天下！"

齐湣王泣道："爱卿休要出此伤心之言，寡人不信群臣弹劾之事！"

苏秦痛得已不能多说，内心独白："齐仁高洁，说齐王赏千金，既能制止齐仁出来领罪，又可使我为燕仕齐之事尽快败露，使张仪早日成功。"于是忍剧痛谓齐湣王道："车裂臣尸，号令于世，杀苏秦者、揭发其阴事者赏千金，如此刺客自出！"

齐湣王哭得更恸："寡人如何忍心车裂爱卿？"

苏秦还是艰难地、断断续续地、重复着自己留在这世上的最后一句话，齐湣王泣求道："爱卿，你痛就不要再说了！寡人依你就是，寡人一定替你报仇！"苏秦闻言连忙推开湣王，将匕首于腹中绞动后拔出，顿时血流如注。苏秦看那匕首，寒光清冽，滴血不沾，剑柄上分明刻着那种似龙非龙似鱼非鱼的怪兽。他呻吟了一声，仰面倒下，短剑也铿锵落地。齐湣王如梦初醒，大叫："快将太医找来！"

太医匆匆赶来，而苏秦看到的却是，稚气未脱的爱女像自由快乐的小鸟一样扑到他身边："爹，太公《阴符》里说的神存兵亡是什么意思？"苏秦慈颜道："争战源于心，心主神明，不可抗者为神，心不可抗则罢兵，故谓神存兵亡。"爱女道："爹，神是大爱，大爱无私，心不可抗者唯有大爱，唯有神的大爱统一治理天下时，人间就再也没有战争、强权、孤独、穷困。爹，我带你去那个地方！"女儿牵着父亲的手,使苏秦的嘴角掠过有生以来最灿烂的笑容。他合上了眼,眼角的泪水还在流动,灵魂已和他的爱女一起去他憧憬的地方了。他的紫袍浸在鲜血里,六颗金印也滚在血泊中。那血多得骇人,在华贵的白色御墀上显得特别刺眼。

影片的主旋乐《命运》达到悲天恸地的境界后突然休止。

96

春日，齐都

临淄城外，天边有一抹亮丽的红霞，刑场上备好了车裂的刑具。

城门口大张布告，布告上曰："苏秦为燕谋反，今幸诛死，令车裂徇市。杀苏秦者，揭发其阴事者，皆赏千金。"

苏秦的尸体由八个身材挺拔整齐的锦衣卫士抬着，从宫门缓缓而出。也不知何时，红霞铺满了整个天空，满天绮丽的云霞和苏秦身上殷红的鲜血相映成辉，一路上罕见的天象震慑得万众肃穆。

将行刑，齐仁赶来。他轻易地从行刑者们的手里拿到缰绳，只轻挽了一下，那五匹烈马竟然都后挫着站立不住，顺服地让他拴回桩上。锦衣卫士想制止，但立刻意识到了不可能。

齐仁定睛看苏秦。苏秦的脸上凝固着一种超然物外的安详，发髻散开，紫袍脱去，一身白缎长衫被鲜血染透，腰间牢牢地系着一条赭色的丝绦。齐仁从自己怀里取出剪刀和梳子，将他那一握散乱的黑发梳理成易水边的平民发髻，又替他修完指甲，整好装束，连一个衣褶也不肯疏忽，最后轻轻地替他慢慢拭去眼角的泪痕，并言道："君受如此苦难，竟然不减当年风采。"说完转身离去。

齐仁身后，刑具的铁链声骤然响起，而壮士破碎的心早已灰飞烟灭了。

七　尾声

97

春日,泰山之巅

巍峨泰山,白云低垂,天色黯然。齐仁在他幼年习武之处伫立片时,其言道:"苏秦,我答应过你,一定找个伴。人若有灵,我一定去找你!"说完长啸一声,纵身跃下万丈悬崖。

画外音:"公元前331年,苏秦仕齐二年遇刺。齐湣王依苏秦之言,车裂其尸,号令于市,有人见赏金,自认是凶手,王令诛杀,为苏秦报仇。而苏秦为燕仕齐之事也因此败露。"

98

春日，魏都大梁张府

（银屏右上角出现字幕：魏国）

寒泉子来见张仪："大王遣臣来接丞相回秦。大王说丞相不用引咎辞职，军令状废了！苏秦为燕谋反，被齐王车裂。苏秦已自毁其说身败名裂，丞相连横必然成功。"

张仪闻言如遭天雷轰顶，五内俱焚，欲哭无泪。他的手紧紧地握着自己腰间那一根蓝色的衣带，慢慢地转身向内室走去。张仪内心独白："仁兄，为平息天下战乱，助秦少用兵统一中国，你不惜身败名裂五马分尸要我毁你声誉以成连横。你曾叮嘱我，说我成功便是你成功，便是我们成功。可是你为什么就不想想？你成了小人，张仪有何面目为君子？你走了，我一个人活在世上还有什么意思？你死得如此惨烈，我心已碎，如何承担得起你所托付之重任？"内室的门在他身后紧紧地关闭了……

画外音："苏秦死后十年，张仪毁苏秦之誉连横成功,为秦统一中国奠定了正确的外交政策。同年回魏,病死于大梁。"

影片的主旋乐《命运》荡气回肠,余音绕梁,最后戛然而止。

99

春日，中华大地

高山峻岭间弥漫着茫茫的云海和浩瀚的松涛，群峰连绵，藏龙卧虎，深不可测……

画外音："战国时，策士奔走游说，七国间此战彼合，归根结底只有纵横两种活动、两种主张。苏秦创合纵说，张仪创连横说，这两大纵横家的外交思想影响了百年的战国历史。一直到秦始皇时，统一中国的大势已定，秦还惧怕合纵，始终坚持连横，奉行张仪所定的外交政策。"

"战国时期，神存兵亡、兼爱天下是那一代人没有实现的理想。在武器和生产力发展到今天这样高度的时代，如何让无私的大爱统一治理天下，化干戈为玉帛，让百姓不受战争之苦，让人类不遭毁灭之灾，如何永久平息天下战争，已经成为全世界热爱和平的人们在孜孜不倦、上下求索、亟待解决的问题。"

（全剧终）

2022年5月16日